目次

隣りの聖人　宇江佐真理　7
吹きだまり　北原亞以子　53
橋のたもと　杉本苑子　79
じべたの甚六　半村良　121
邪魔っけ　平岩弓枝　157
御船橋の紅花　山本一力　193
七日七夜　山本周五郎　225
解説　細谷正充　265

# 情に泣く

# 隣りの聖人

宇江佐真理

宇江佐真理（うえざ・まり）

一九四九年北海道生まれ。九五年に「幻の声」でオール讀物新人賞を受賞しデビュー。二〇〇〇年に『深川恋物語』で吉川英治文学新人賞、〇一年に『余寒の雪』で中山義秀文学賞を受賞。著書に『雷桜』『斬られ権佐』『憂き世店』『為吉　北町奉行所ものがたり』『うめ婆行状記』、「髪結い伊三次捕物余話」「泣きの銀次」シリーズなど多数。一五年逝去。

# 一

もうすぐ町木戸が閉じられようとする夜の四つ（午後十時頃）近くになって、日本橋・小舟町《こぶなちょう》一丁目の古びた仕舞屋《しもたや》に呉服屋「一文字《いちもんじ》屋《や》」の主《あるじ》とお内儀《ないぎ》、息子、娘の一家四人はようやく到着した。梅雨《つゆ》が明けた後の猛暑が江戸を襲っていた。両国広小路《ひろこうじ》に近い米沢町《よねざわちょう》から家財道具を山と積んだ大八車《だいはちぐるま》を引いて来た四人は誰《だれ》しも全身を汗みずくにしていた。

「え、ここなの？　ここがこれからあたし達が暮らす家なの？」

十四歳になる娘のおいとが不満そうな声を上げた。その仕舞屋があまりにみすぼらしかったせいだろう。おいとは地黒で、少し受け口の娘である。だが、同じ年頃の娘達の中にいると、妙に目立って見える。商家の娘に生まれ、今までは何不自由なく暮らして来たので、鷹揚《おうよう》なものが備わっているからだろう。

「そうだよ。ちょいと古いが立派な一軒家だ。隣りの物音を気にせずに暮らせるだけでもありがたいよ」

一文字屋のお内儀のおりつは娘をいなすように応《こた》えた。三十六歳のおりつは痩《や》せ型の、すっきりとした容貌《ようぼう》をしているので、米沢町界隈《かいわい》では美人のお内儀として評判が高かった。

「辰吉《たつきち》、荷物を運べ」

大戸《おおど》を開けると、一家の主である惣兵衛《そうべえ》が十七歳の息子の辰吉に言いつけた。惣兵衛は四十二歳である。一文字屋に十二歳から奉公し、手代、番頭と出世して、一文字屋のひとり娘のおりつの婿《むこ》となった男である。おりつの父親は惣兵衛の真面目《まじめ》さを見込んで娘の婿に迎えたのだ。そのせいで、惣兵衛はおりつに対し、普通の亭主のように居丈高《いたけだか》なもの言いはしたことがない。

しかし、息子や娘に対しては別だ。辰吉とおいとには口うるさく頑固な父親だった。

辰吉は、ういッと妙な声で応じた。はいと言ったつもりなのだろう。おりつ似の色白の顔には赤い面皰《にきび》が目立つ。

「ささ、おいとも手伝って」

おりつは首から下げた手拭《てぬぐ》いで顔の汗を拭《ふ》くと娘を急《せ》かした。

「お前さん、先にお蒲団《ふとん》を運んでおいてよかったですね。この荷物にお蒲団を積み上げたんじゃ、ろくに前も見えなかったですよ」

おりつは柳行李《やなぎごうり》を下ろしながら言う。惣兵衛は相槌《あいづち》の代わりに短いため息をついた。単衣《ひとえ》の裾《すそ》を尻端折《しりつぱしよ》りした恰好《かつこう》は引っ越しのためとはいえ、呉服屋の主にはとても見えない。そもそも、そんな姿はおりつや二人の子供達に初めて見せるものだった。

「雨露《あめつゆ》を凌《しの》げる家があるだけでもましですよ。これから親子四人が何んとか一緒に暮らせるんですもの、倖《しあわ》せじゃないですか。まかり間違えば、あたしら、親子心中しなけりゃならなかったかも知れませんもの」

おりつは誰にともなく続けた。

「でも、明日になったら米沢町は、うちの噂《うわさ》で持ち切りになる。一文字屋はとうとう夜逃げを決め込んだってね。おけいちゃんもおそでちゃんもあたしのことを心配して泣くかも知れない」

おいとはそう言って喉《のど》を詰《つ》まらせた。おけいとおそでは、おいとのなかよしの友達だった。

「泣くもんか。ざまァ見ろって思うだろうよ」

辰吉が皮肉な調子で言う。

「ひどい。兄さんがお父《と》っつぁんの商売を真面目に手伝っていたら、こんなことにはならなかったはずよ」

「何んでおいらのせいなんだよ。番頭が店の金を持ってトンズラしたからじゃねェか」

「兄さんが遊び回っていたから、番頭さんの様子に気がつかなかったんじゃない」

「あんな者にさん付けするな。あいつは盗人《ぬすっと》だ。今にしょっ引《ぴ》かれて晒《さら》し首《くび》になるわ」

「盗みを働いただけじゃ晒し首にならないと思うけど」

「お前、知らねェのか? 十両以上を盗めば死罪になるんだぜ。おまけにお父っつぁんを虚仮《こけ》にした罪は重い。晒し首でも足りねェよ」

「それもそうだけど」

「辰吉、おいと、手がお留守だ。さっさと運びな。ぐずぐずしていると夜が明けてしまう」

惣兵衛の言葉に二人は、ひょいと肩を竦《すく》め、それから何も言わず荷物を運んだ。

小半刻《こはんとき》(約三十分)後に、何んとか家の中に荷物を運び入れたが、その荷物の整理まではできなかった。茶の間に蒲団を並べるのが精一杯だった。

「腹減った」

ひと息つくと、辰吉が空腹を訴えた。早めに外で晩めしを済ませたので、その時刻になると辰吉だけでなく、他の三人も小腹が空《す》いていた。

「困ったねえ。食べ物屋さんは、とうに店を閉めてるだろうし」

おりつは眉間《みけん》に皺《しわ》を寄せて困り顔した。

「ここは日本橋に近い町中だから、夜鳴《よな》き蕎麦《そば》屋がそこら辺にいるんじゃねェかな。おいら、ちょいと外を見てくるぜ」

　辰吉は夜遊びしていたせいもあり、そういうことになると機転を利かせる。土間口から出て行く時、ふと気づいたように「おっ母さん、蕎麦代はあるよな」と、確かめるように訊《き》いた。

「見損《みそこ》なうんじゃないよ。たといお店が潰《つぶ》れても、たかが一人前十六文の蕎麦代にゃ事《こと》欠《か》かないよ」

　おりつは豪気に言い放つ。惣兵衛はその拍子に、ぐふっと咳《せ》き込むような声で笑い声を立てた。

　仕舞屋を世話してくれた小舟町の差配は流しの水瓶《みずがめ》に井戸の水を入れてくれていた。惣兵衛は汚れた顔と手を洗い、手拭いで顔を拭いたところだった。後で自分達も、ざっと顔を洗おうと、おりつは思っていた。

「お父っつぁんがようやく笑った。お父っつぁん、兄さんが息子でよかったね。よその息子なら、こんな時、塞《ふさ》ぎ込んで目も当てられないもの。極楽とんぼでも役に立つこともあるんだね」

　おいとは嬉《うれ》しそうに言う。

「だあれが極楽とんぼよ。張り飛ばすぞ、このう！」

　辰吉は荒い声を上げて勢いよく外へ飛び出して行った。

「とり敢《あ》えず、お茶を淹《い》れようかね。お茶の水は用意して来たから」

おりつは荷物をがさごそさせて、角樽《つのだる》を引き出した。元は酒が入っていたものだが、蓋《ふた》がついていたので水を入れて荒縄で縛っていたのだ。

「あら、結び目がきつい。お前さん、ちょいとほどいて下さいな。あたしは火鉢でお湯を沸かしますから」

おりつは長火鉢の灰を掻《か》き寄せ、その上に五徳《ごとく》を載せると、火打ち石を使って付け木《つぎ》に火を点《つ》け、それを火種に炭を熾《おこ》した。

「さ、縄をほどいたよ」

惣兵衛が言うと、おりつは「ありがと」と応え、年季の入った鉄瓶に水を張り、火鉢の上に置いた。

ほどなく、辰吉は夜鳴き蕎麦屋の屋台を引き連れて戻って来た。

「ちょうど荒布橋《あらめばし》の袂《たもと》に屋台が出ていたよ。四人分頼むから来てくんなと言ったら、すんなり承知してくれたよ」

辰吉は笑顔で言う。

「でかした兄さん」

おいとが褒《ほ》める。辰吉は鼻の下を人差し指で擦《こす》り「あた棒よ」と、得意そうに応えた。

この暑さだから、本当は冷たい蕎麦のほうがいいのだが、贅沢《ぜいたく》は言っていられない。

四人は汗を噴き出しながら、熱いかけ蕎麦を啜《すす》った。

蕎麦を食べ終え、夜鳴き蕎麦屋の屋台が引き揚げると、四人はようやく人心地《ひとごこち》がついた。

「熱いお蕎麦を食べて、どっと汗を流したら、不思議ですね、涼しくなりましたよ」

おりつはそう言って惣兵衛に茶を勧めた。

「明日は大八車を返して、寄合《よりあい》の長《おさ》の中田屋《なかたや》さんへ挨拶《あいさつ》して、それから……」

惣兵衛は翌日の段取りをあれこれ思案する。

「お前さん、辰吉と一緒にお行きなさいましな。聞きたくないことも聞かなきゃなりませんから、辰吉が傍《そば》にいれば、まだしも気は楽ですよ」

おりつはそう言ったが、惣兵衛は返事をしない。息子に哀れな姿を見せたくないという気持ちがあったのだろう。

「おいら、一緒に行ってもいいぜ、どうせ引っ越しして来たばかりで遊ぶ気にもなれねエしよ」

辰吉は呑気《のんき》な調子で言う。その拍子に惣兵衛は子供達へ向き直った。

「辰吉、おいと。わしの言うことをよく聞いておくれ。お前達はもはや一文字屋の坊ちゃんでもお嬢さんでもない。先々代から数えて六十年も続いた一文字屋を潰してしまったのは、ひとえにわしの不徳の致すところだ。おりつには心底すまないと思っている。

この先は行商でも何んでもして、わしはお前達をとにかく食べさせて行く覚悟だが、あれがほしいだの、これがほしいだのと我儘《わがまま》は言わないでおくれ。これからは今までとは違う暮らしになるのだ。いいね、それは了簡《りょうけん》しておくれよ」

惣兵衛は涙ぐみそうになるのを堪《こら》えて言った。おいとはおりつの膝《ひざ》に顔を埋《うず》めて泣いた。

「ほらほら、泣いたって始まらない。お父っつぁんは何も悪いことなんてしていないんだ。色々、噂をする人がいても知らん振りをしていることだ。他人様は勝手なことしか言わないものだからね。きっと、その内、いいこともあるよ。神さん仏さんは、こんなあたしらをちゃんと見ているからさ」

おりつはおいとの背中をぽんぽんと叩《たた》いて宥《なだ》めた。

「おっ母《か》さんは結構、気丈な女だったんだね。おいら、見直したぜ。本当はお父っつぁんの胸倉摑《つか》んで、どうしてくれるんだと喚《わめ》くのかと思っていたよ」

辰吉は感心したように言う。

「どうしてあたしが喚くのさ。お父っつぁんは一文字屋のために真面目に働いてくれた。番頭の忠助《ちゅうすけ》はお父っつぁんより年上で、あんた達のお祖父《じい》ちゃんに仕えた人だから、お祖父ちゃんの信頼も篤《あつ》かった。まさか、掛け取りのお金を持ち逃げするなんざ、あたしらは夢にも思わなかったんだよ。だからね、店が潰れたのはお父っつぁんのせいじゃないんだよ」

「番頭に女がいたって話だぜ」

辰吉は訳知り顔で言う。

「本当かい」

おりつは驚いた表情で息子の顔をまじまじと見た。

「ああ。飲み屋の酌婦よ。番頭は仕事を終えた後で女のいる見世《みせ》に通っている内、そんな仲になったらしい。だが、その女も喰《く》わせ者で、後ろに亭主のひもがいたらしい。亭主は番頭を脅《おど》して金を巻き上げようとしたのよ」

「お前、どこでそんな話を仕入れたんだえ」

「ダチが喋《しゃべ》っていたよ。おいら、十両ぐらいはふんだくられるのかなと思っていたが、どうしてどうして二百五十両とは、お天道様《てんとさま》でもご存じあるめェというものよ」

辰吉は米沢町の商家の息子達とつるんでいることが多かった。暇さえあれば湯屋の二階の座敷で遊びの算段をしていた。恐らく番頭の忠助の噂も友人達との世間話から仕入れたものだろう。

「お前、そのことをすぐにお父っつぁんに言えばよかったんだよ。そうすれば、すんでのところでお店は助かったかも知れないじゃないか」

今さら無駄とわかっていても、おりつは言わずにいられなかった。

「言ったさ。だが、お父っつぁんは面と向かって番頭を問い詰めることができなかったんだ。何しろ、三十年以上も一文字屋を仕切って来た一番番頭だからさ。お父っつぁんも半信半疑だったんだよ」

「そうなんですか」

おりつは切羽詰まった顔で惣兵衛に訊く。

惣兵衛は俯《うつむ》きがちになって「辰吉の言う通りだ」と低い声で応えた。

「それにしても額が大き過ぎる。あたしには、ただの脅しとは思えませんよ」

「今度会ったら、番頭の奴《やつ》、ぶっ殺してやる！」

おいとが息巻いた。

「ふん、その内に柳原《やなぎわら》の土手辺りで番頭は首縊《くく》りでもしているのが見つかるだろうよ。店の金を持ち出しても、あらかた女の亭主に取られただろうし」

辰吉は小意地の悪い表情で吐き捨てた。

「忠助のところはおかみさんと娘三人でしたよね。お前さん、あちらの家はどうなっているのですか」

おりつは、ふと思い出して惣兵衛に訊いた。

「泣きの涙で謝っていたよ。申し訳ないってね。わしはかみさんの顔を見ていたら、それ以上、何も言えなかった。師走《しわす》の半ばにかみさんは忠助から離縁状を渡されたそうだ。

理由を訊いても何も応えなかったらしい」

「覚悟の上でお店のお金に手をつけたのね。ひと言、打ち明けてくれたら手立てもあったでしょうに」

「もう済んだことだ。おりつも諦《あきら》めておくれ」

惣兵衛は吐息交じりに言うと、蒲団にころりと横になった。

「ささ、あたしらも休むとしようか。辰吉、くれぐれもお父っつぁんの力になっておくれよ。今はお前が頼りだから」

「おいらに何ができるって。まあ、お父っつぁんが早まったことをしねェように見張るだけだ」

辰吉は面倒臭そうに応える。

「わしは早まったりなどせん。見損なうな」

怒気を孕《はら》んだ惣兵衛の声が聞こえた。辰吉は赤い舌を出して、ひょうきんな顔をした。

おりつは、くすりと笑った。

二

翌朝、惣兵衛は辰吉と一緒に大八車を返しに出かけた。その後で寄合の長の家に回るので、帰りは夕方になりそうだと言っていた。

男達がいない間に、おりつはおいとと一緒に家の中の片づけと掃除をした。荷物を納めるべき所へ納め、はたきと箒《ほうき》で埃《ほこり》を取り除き、最後は雑巾《ぞうきん》掛けをした。けばの立った畳はどれほどの月日が経《た》っていたものか見当もつかなかった。おいとには二階の部屋の掃除を任せた。その仕舞屋は二階家で、二階に六畳間の部屋がふたつあった。辰吉とおいとの部屋にしようと、おりつは心積もりしている。

奥歯を嚙《か》み締め、雑巾掛けをしていると、不意に込み上げるものがあった。いったい、どうしてこんなことになったのか、考えても考えてもおりつには理解できなかった。

前年の師走に番頭の忠助は外に出かけることが多かった。朝出かけたきり、暖簾《のれん》を下ろす時刻まで戻らなかったこともある。その時は、さすがに気が咎《とが》めたのか、惣兵衛にあれこれと言い訳していたが、何んだか落ち着きがなかった。

あの頃から忠助の様子はおかしかったのだ。

そして大晦日《おおみそか》に忠助は掛け取りを手代や他の番頭に命じていたが、いずれも小さな取り引きの客ばかりで、大口の客は忠助が自ら出向いて金を集めていた。下谷《したや》の武家屋敷は祝言があったので、花嫁衣裳《いしょう》、裃《かみしも》、紋付、袴《はかま》と百両を超える金が支払われたはずだ。それから、懇意にしている花火職人のお仕着《しき》せ三十人分、町内の鳶《とび》職の頭《かしら》からは祭り半纏《ばんてん》二百人分、すべて合わせると二百五十両もの金を持って忠助は行方を晦《くら》ましたのだ。

一文字屋は幕府の奢侈《しゃし》禁止令《きんしれい》の煽《あお》りを喰って、売り上げは以前より落ちていた。二百五十両の金を集めても、半分以上は仕入れに消える。残りの金で、正月に客に配る年玉物の手拭いを誂《あつら》え、運上金《うんじょうきん》（税金）、奉公人の給金を支払えば、残りは正月の仕度をする金しか残らないのだ。それでも何事もなければ店は続けられたはずだ。

忠助が金を持ち逃げしたことで、すべての歯車が狂ってしまった。仕入れの金を待って貰《もら》うことはできても、運上金は待ってくれない。奉公人の給金も支払わずにはいられない。花見の季節までどうにか持ちこたえたが、その先の目処《めど》が立たなかった。

惣兵衛は奉公人に暇を出し、店と住まいを手放さなければならなくなった。店に残っていた品物を寄合に掛け合って引き取って貰い、小舟町へ引っ越しする段取りをつけたのは、つい十日ほど前のことだった。

米沢町の店は大戸を下ろしていたから、近所は何かを察していたはずだが、惣兵衛もおりつも余計なことは一切喋らなかった。大戸を下ろした店の中で物音を立てないように荷物の整理をし、惣兵衛は夜になってから小舟町へそろそろと荷物を運んでいた。そうして、昨夜、近所に引っ越しの挨拶もせずに米沢町からこっちへやって来たのだ。それを夜逃げと言わずに何んと言おうか。おりつはわが身の不運をつくづく嘆《なげ》いていたが、惣兵衛の顔を見ると何も言えなかった。おりつと一緒になり、一文字屋の主に直っても惣兵衛は、派手に遊ぶことはなく、女を作っておりつを泣かせたこともない。よい夫だった。そんな惣兵衛をどうして詰《なじ》られようか。だが、先祖代々の店を潰して、どうしてくれるのだと言えたら、おりつはまだしも気が楽だったろう。

言えない言葉は澱《おり》のようにおりつの胸の中に溜《た》まっていた。しかし、しなければならないことがおりつにあった。それは二人の子供を一人前にすることだった。辰吉にはとにかく真面目に働くことを言い聞かせ、自分の力で生きてゆく男になって貰いたい。おいとは人並に仕度をして嫁に出さなければならない。その責任を果たさなければ母親としての自分の務めは終わらないのだ。

おりつは前垂れを口許《くちもと》に押し当て、声を殺してしばらく泣いた。惣兵衛や子供達の前では泣いてはいけないと肝に銘じていたから、つかの間、一人になった時、気が弛《ゆる》んだのだ。

泣いた後は少しさっぱりした。

おりつは洟《はな》を啜った後で、黒ずんだ大黒柱をぼんやり眺めた。そこを雑巾掛けしたら、さぞかし雑巾に真っ黒な汚れがつくだろうと思いながら。

「おっ母さん、おっ母さん」

おいとが勢いよく階段を下りて来た。

「お掃除は済んだのかえ」

おりつは我に返ったような顔でおいとに訊いた。

「ううん、まだ。それより、この家の隣りが裏店《うらだな》になっているのよ。知っていた？」

「ああ。この家を紹介してくれた差配さんも、そんなことをおっしゃっていたからね」

差配の与四兵衛《よしべえ》は、義三郎店《ぎさぶろうだな》と呼ばれる裏店の大家でもあった。

「それでね、その裏店の一軒から、それはそれは立派な身なりをした男の人が出て行ったのよ」

おいとは興奮して鼻の穴をぴくぴくさせて言う。

「よそから来たお客様じゃないのかえ」

おりつはさして興味のない様子で雑巾掛けを続けた。

「それが違うのよ。その人も裏店に住んでいるみたいなの。兄さんと同じぐらいの息子さんも一緒だった。息子さんは白絣《しろがすり》の単衣に縞《しま》の袴《はかま》を穿《は》いて、高下駄《たかげた》をカツカツ鳴らしていたのよ。見送る奥様と女中さんもきれいな恰好をしていた。あたし、裏店にもこんな人達がいるのかと驚いちゃった」

おいとの話を聞いて、おりつも怪訝《けげん》な思いがしてきた。そもそも裏店とは日々の暮らしだけで精一杯の人々が住む長屋である。裏店は通りの裏手に建てられていることが多いので、通りに面している家を表店というのに対して裏店と呼ばれるのだ。そういう所に身なりの立派な御仁《ごじん》が住んでいるとは、俄《にわか》に信じ難かった。

「お家が没落したのかしら。それならあたしの家とおんなじね」

おいとは無邪気に続ける。

「何か事情があるのだろうねえ。ま、それはいいから、早く掃除をしておしまい。お昼を食べたらご近所へ挨拶廻《まわ》りをしなけりゃならないから」

「裏店も廻る？」

「そうだね。手拭いが三十本ほどあるから廻ろうか。手拭いは皆さんが喜んで下さるはずだからね」

正月の年玉物にした手拭いの残りが思わぬところで役に立った。今年は番頭の一件があったので年始廻りもろくにしなかった。それで残りも多かったのだ。

「うん」

おいとは張り切った声で応えた。

佃煮《つくだに》と漬物をお菜に茶漬けの中食《ちゅうじき》を済ませると、二人は近所に引っ越しの挨拶に行った。

小舟町界隈はふたつの堀に挟まれた地域である。本町通りに近いせいもあり、小商いの店も軒《のき》を連ねている。魚屋も八百屋《やおや》もあるので買い物には便利な所だった。

挨拶をして手拭いを差し出せば、皆、喜んで受け取ってくれた。表通りの家々の挨拶を終えると、おりつとおいとは裏店の門口をくぐり、義三郎店に入った。陽射《ひざ》しが翳《かげ》り、何やら湿っぽい。それでも、中は静かだった。

五軒長屋が向かい合う形で二棟建てられている。留守の所が何軒かあった。恐らく独り者の住まいだろう。そこは後回しにして、おいとの言っていた例の住まいの土間口前に立ち、おりつは中へ声を掛けた。油障子は開いていた。上がり框《がまち》の傍に目隠しの衝立《ついたて》が置いてあったので、おりつは少し驚いた。裏店に水墨画の衝立があるなど、見たことも聞いたこともない。おいとの話は本当らしい。

台所にいた若い娘が、すぐに前垂《はた》れを外しながら現れ「お越しなさいまし」と、三つ指を突いて丁寧に頭を下げた。二十歳前後の娘は涼しげな眼をしていた。くっきりとした眉《まゆ》が利発そうに見える。紺無地の単衣に茜《あかね》色の半巾《はんはば》帯を締めた質素な恰好だった。

「お忙しいところ申し訳ございません。あたしどもは昨夜、表通りの家に引っ越して来た者でございます。あたしはおりつで、こちらは娘のおいとでございます。他《ほか》に亭主の惣兵衛と息子の辰吉がおりますが、本日は用事があって外に出ておりますので、ご挨拶は失礼させていただきます。あの、これはつまらない物ですが、ご挨拶のおしるしに」

おりつは熨斗紙《のしがみ》で巻いた手拭いを差し出して言った。

「ご丁寧にありがとう存じます。少しお待ち下さいませ。母を呼んで参りますので」

娘はそう言って腰を上げた。

「おっ母さん、あの人、この家の娘さんだったのね。あたしはてっきり女中さんだとばかり思っていた」

おいとは小声で言った。

「裏店住まいで女中なんて置けるものかえ」

おりつも小声で応える。

「それもそうだね」

ほどなく娘の母親が現れたが、おりつは今度こそ驚いた。ほつれ髪一本ない丸髷《まるまげ》の頭、薄紫の絽《ろ》の着物、紺の紗《しゃ》の帯と、隙《すき》のない着こなしである。いったい、この一家は何者だろうか。

「わざわざのご挨拶、恐縮に存じます。わたくしは相馬《そうま》正江《まさえ》と申します。こちらは娘の琴江《ことえ》でございます。主の相馬虎之助《とらのすけ》は、ただ今、息子の福太郎《ふくたろう》とともに尾張《おわり》様のお屋敷へ講義に出かけております。戻りましたら、お宅様のことはお伝えしておきましょう。ご苦労様でございました」

四十半ばと思われる正江という女は、すらすらと挨拶の口上を述べると、さっさと奥に引っ込んでしまった。おりつは呆気《あっけ》に取られた。琴江はそれに気づくと「お内儀さん、驚かれましたでしょう」と、含み笑いを堪える顔で言った。

「いえいえ、ご立派なお母様でございます。あたしもご近所にこのようなご立派な方がいらして鼻が高いというものです」

おりつは取り繕うように応えた。

「以前は藩のお殿様からお屋敷を拝領しておりましたが、火事に遭い、お屋敷が再建される間、こちらにご厄介になっておりました。わたくしどもも、ほんの仮住まいと思っておりましたが、その後、藩は跡目相続の争いが表沙汰《おもてざた》となり、上様のお怒りを買って改易《かいえき》（取り潰し）となったのでございます。行くあてもなく、もはや三年もこちらに住んでおります。幸い、父は尾張様と安藤様のお引き立てがあり、時々講義に訪れ、日々の生計を立てておりますが、新たな家まではとてもとても……」

琴江は自分の家の事情を俯きがちに話してくれた。

「お気の毒に」

おりつも低い声で応えた。

「お姉さん、あたしの所も番頭にお金を持ち逃げされて仕方なく米沢町からこっちへ引っ越して来たんですよ」

おいとは琴江を慰めるつもりなのか、そんなことを言った。「これッ」と、おりつはおいとを制した。

「余計なことを喋らなくていいんだよ」

「でも……」

おいとは不満そうな顔をした。琴江がその拍子にふわりと笑顔を見せた。

「おいとちゃんはよい娘さんですね。言い難《にく》いことを打ち明けていただいてありがとう。

これからわたくしとなかよくしましょうね」

「本当？」

おいとの声が弾《はず》んで聞こえた。

「ええ、本当ですよ」

「嬉しい」

おいとは無邪気に笑った。

「一文字屋さんでいらっしゃいますか？　確か米沢町の呉服屋さんでしたね」

琴江は手拭いの熨斗紙の上書きを見て言った。

「まあ、ご存じでしたか」

小舟町にも自分の店を知っていた人間がいたことは嬉しいというより、おりつは何やら居心地が悪かった。できれば一文字屋の名は知られたくなかった。熨斗紙を剝《は》がすべきだったと後悔していた。

「父は以前、一文字屋さんで着物を誂えておりました。ここしばらくは、新しい着物を誂える余裕もございませんでしたが」

だが、琴江は笑顔でそう言った。

「まあ、相馬様がうちの店のお客様だったんですか。気づきませんでご無礼致しました」

おりつは慌てて頭を下げた。

「いえいえ、もはや名ばかりの客でございます」

「そんなことはありません。一度でもうちの品物をお求めいただいた方は、いつまでもお客様でございますよ」

「こちらに引っ越しされたのは色々ご事情がおありのようで」

琴江はおいとの言葉を思い出したようにやんわりと言った。

「さようでございます。せっかくお客様にお会いしたというのに、一文字屋はもう……」

おりつは胸が詰まって言葉が続かなかった。

「お内儀さん、お力を落とさずに」

琴江は気の毒そうな眼でおりつを慰めてくれた。

「ありがとう存じます。ご挨拶に伺ったのに湿っぽい話をしてしまいました。どうぞお許し下さいまし」

おりつは洟を啜ると一礼して、その住まいを後にした。琴江は土間口まで出て見送ってくれた。いい娘だと、おりつはしみじみ思った。しかし、おりつは琴江に不憫《ふびん》なものも感じた。あの母親は、どうも家の中のことをしている様子がない。琴江は家族のために家事万端を引き受けているのだろう。そのために婚期を逃しているような気がしてならなかった。三つ指を突いていた琴江の手は水仕事で荒れていた。これから琴江はどうなるのだろうと、他人事ながら心配になる。それにしても、世の中は様々な人間がいるものだと、おりつは改めて思った。

三

挨拶回りを済ませた後、おりつはおいとを連れて近くの湯屋へ行き、その帰りに豆腐屋と八百屋に寄って、晩めしの買い物をした。

おいとは町の様子に興味津々で、めそめそする暇もなかった。それにはおりつも大いに安心したものだ。晩めしのお菜は惣兵衛の好きな冷奴《ひややっこ》と青菜のお浸《ひた》し、それに大根の味噌汁《みそしる》だった。

外から惣兵衛と辰吉の声が聞こえたので、二人が戻って来たのだと思い、おりつは慌てておいとに箱膳《はこぜん》を並べるよう言いつけた。

四人分の箱膳を並べ、それぞれにお菜を盛りつけても、惣兵衛と辰吉は一向に家の中に入る様子がなかった。

おりつは気になって、そっと土間口に下りてみると、惣兵衛は儒者《じゅしゃ》のような男と通りで立ち話をしていた。

男は白っぽい着物の上に紺の透綾《すきや》の羽織を重ね、下は縞の袴の恰好である。大層涼しげな装いだった。傍に白絣の着物に袴姿の少年がいた。惣兵衛は男と顔見知りらしかった。

それにしても惣兵衛の表情は浮かなかった。

「一文字屋さん、それはおかしいですよ。もう少し調べる必要があるのではないですか」

男はよく通る声で惣兵衛に言っていた。辰吉も二人の話に熱心に耳を傾けている。白絣の少年だけが退屈そうに欠伸《あくび》を洩《も》らしていた。

「しかし、相馬様。調べろとおっしゃられても、手前にはどうしてよいやら見当もつきません」

「これはわしの憶測ですが、中田屋という呉服屋は何か企《たくら》んでいるような感じがあります。もしや、忠助という番頭と組んで一文字屋を乗っ取ったとは考えられませんか」

「まさか、そんなことは……」

「いやいや。今にその番頭か、それとも中田屋が一文字屋の看板を揚げることになるやも知れませんぞ。その時になって臍《ほぞ》を噛んでも遅いというもの。今ならまだ間に合う」

「それではどうせよとおっしゃるのですか」

「中田屋の言い分を呑んではなりません。はっきり断るのがいやなら、のらりくらりと躱《かわ》しておればよろしいでしょう。その間にわしが何か手立てを考えることに致します」

「とんでもない。相馬様にそのようなご迷惑は掛けられません」

惣兵衛は慌てて男を制した。

「いやいや。それぐらいさせて下さい。三年前に屋敷を焼かれ、意気消沈していたわしの所へ一文字屋さんはいち早く駆けつけてくれました。そして当座の衣服をわしだけでなく、家族の分まで調《ととの》えていただきました。あの時は本当にありがたかった。ほれ、この透綾の羽織もその時にいただいた物です。あれから、わしの所も色々ありまして、着物を誂えるどころではなくなりました。この三年、わしはふんどししか新調しておりませんよ」

男はそう言って朗らかに笑った。惣兵衛は恐縮して何度も頭を下げた。やがて男は惣兵衛の肩をぽんぽんと叩き、辰吉にふた言、三言、言葉を掛けて去って行った。

おりつは話を聞いている内、男が琴江の父親であることがわかった。そして、惣兵衛が相馬一家の窮地に手を差し伸べていたことも察した。しかし、惣兵衛と琴江の父親の話には腑《ふ》に落ちないものが多々あった。番頭の忠助と寄合の長の中田屋が示し合わせて一文字屋を潰したというのだろうか。訳のわからない不安が新たにおりつの胸を襲っていた。

惣兵衛がようやく家の中に入ると、おりつは「お帰りなさいまし。お疲れ様でございます」と、ねぎらいの言葉を掛けた。

惣兵衛は「ああ」と、気のない声で応える。

「外で立ち話をなさっていたのは、相馬様ではなかったですか。相馬様は義三郎店にお住まいですから」

おりつは履物を脱いだ惣兵衛にさり気なく訊いた。

「知っていたのかい」

惣兵衛は少し驚いた様子である。

「ええ。引っ越しのご挨拶に参りましたら、相馬様のお嬢さんがうちの店のことを覚えておられましたもので」

「そうか」

惣兵衛の返答にため息が交じった。

「もう三年も裏店住まいをなさっているご様子で、お気の毒だと思いました」

「本来、あの方は裏店住まいをするお人ではないのだ」

惣兵衛は憤った声で言う。

「存じておりますよ。大名家のお抱えのお儒者でしたのに、火事に遭い、おまけにお仕えしていた大名家はお取り潰しになったとか。今は尾張様と安藤様のお屋敷に時々いらして講義をなさっているらしいですよ」

「ああ。小網町《こあみちょう》に安藤様の中屋敷と尾張様の下屋敷があるのだ」

「それで、中田屋さんのお話はどのようなことでしたか」

おりつは気になって惣兵衛に話を急《せ》かした。

「その前にめしだ。昼めしは蕎麦を喰っただけだから、わしも辰吉も腹ぺこだ」

惣兵衛はそう言って、流しに手を洗いに行った。

「お前、中田屋さんの話を聞いてどう思った？」

おりつは辰吉に訊いた。辰吉は首を傾《かし》げた。

「おいら、難しいことはわかんねェ」

「何んだねえ、それじゃお父っつぁんのお伴をした甲斐《かい》がないじゃないか」

おりつはいまいましげに辰吉を睨《にら》んだ。

つつましい晩めしを終えると、辰吉は二階の部屋に引っ込んだ。おりつはおいとと一緒に後片づけをしたが、その間も惣兵衛は煙管《きせる》を吹かしながら天井を見つめ、何やら考え事をしていた。

後片づけを終えると、おいとも二階に上がり、茶の間は惣兵衛とおりつの二人だけになった。茶を淹れた湯呑を差し出すと、惣兵衛は灰吹きに煙管の雁首《がんくび》を打って灰を落とした。

「中田屋さんは奉行所への訴えを取り下げろと言うんだ」

惣兵衛はいきなり話を始めた。おりつは少しとまどい、二、三度眼をしばたたいた。忠助のことは北町奉行所に訴えていた。二百五十両も持ち逃げしているのだから当然のことだ。

「どういうことでしょうか」

中田屋がどうしてそんなことを言い出すのか、おりつには理解できなかった。

「寄合の仲間から縄付きを出したくないということだろう」

「そんなことをおっしゃられても忠助が持ち出したお金の額を考えたら、そういう訳にも参りませんよ。それに忠助は店の番頭で寄合には直截《ちよくせつ》関わっておりませんよ」

「中田屋さんは訴えを取り下げたら、寄合の仲間に掛け合って、ここで一文字屋の看板を揚げられるよう便宜を図ると言っていた」

「ここで？　この仕舞屋で？」

「ああ。大工を入れてそれなりに造作もしてくれるそうだ。もちろん、品物も揃《そろ》えると約束してくれた」

「その代わりに忠助の訴えを取り下げるんですか。何んだかおかしななりゆきですね。米沢町の店に比べたら、ここはその半分以下ですよ。ご贔屓《ひいき》のお客様は一文字屋の出店《でだな》（支店）かと勘違いなさいますよ」

「その通り、ここは出店になるのだ」

惣兵衛は苦渋の表情で言った。

「それじゃ、本店《ほんだな》はどうなるんですか」

「中田屋さんが引き受けるそうだ」

「………」

「すべて面倒を見るのだから、それは了簡してほしいと念を押された。わしは行商して客の所を廻るよりいいだろうと、その気になっていたが、家の前で相馬様とばったり会い、色々話をしている内に何か腑に落ちないものも感じて来たのだよ。いや、それは相馬様に言われて気づいたことだがね。相馬様は、もう少し早くわしと再会しておれば、何も夜逃げに追い込まれることもなかっただろうと、残念そうにしておられた」

「だから、中田屋さんの言い分を呑んではならないと釘《くぎ》を刺したのかしら」

おりつがそう言うと「聞き耳を立てていたのかい」と、惣兵衛は悪戯《いたずら》っぽい表情になった。

「申し訳ありません。つい……」

「まあ、それはいい。それより今後のことだ。本店を中田屋さんに譲り、こちらを出店として一文字屋の看板を揚げるか、それとも相馬様を信じて策を考えるかのどちらかだ」

「お前さんの考えはどうなんですか」

「わしか？　わしは夜逃げまでして世間に恥を晒したんだから、この際、出店でもいいから一文字屋の看板を守れるのなら御《おん》の字だと思っているが、お前はいやだろうね」

惣兵衛は上目遣いにおりつを見る。

「お前さんのお気持ちはよくわかりますよ。当たり前なら、中田屋さんの言い分を呑むのが得ですよ。でも、中田屋さんがもしも忠助とつるんでいたとしたらどう？　訴えを取り下げた後で、中田屋さんが一文字屋を継ぎ、忠助がその代わりに中田屋さんの主に収まったとしたら、あたし、悔しくて夜もろくに眠れないでしょうよ。文句を言ったところで、訴えを取り下げた後では、奉行所のお役人は忠助をお縄にできないのですよ。してやったりとほくそ笑《え》む忠助の顔を見たら、あたし、気が変になって匕首《あいくち》でぶすりと刺したくなるかも知れない」

「物騒なことは言いなさんな。それこそ恥晒しになる。お前が短慮なことをすれば、辰吉とおいとの将来に瑕《きず》がつくのだよ」

「わかっていますよ。ちょっと言ってみただけ」

おりつは力なく笑った。

「相馬様のおっしゃることも一理あるから、少し様子を見ることにしようか。まだ時間はある。急《せ》いては事を仕損じるの諺《ことわざ》もあることだし」

「それがよろしゅうございます。小舟町に引っ越して来たばかりだというのに、ばたばたするのも何んですから」

「そうだね。中田屋さんの言い分を呑むのは切羽詰まってからでも遅くないだろう」

「ええ……」

とはいえ、おりつは中田屋の言いなりにはなりたくないという思いでいっぱいだった。

「さ、寝るか」

惣兵衛は欠伸を洩らし、眠そうな声で言った。おりつは使った湯呑を流しに片づけ、詮《せん》のないため息をついた。

四

おいとは暇さえあれば琴江の所へ遊びに行き、半日も戻って来ないことがあった。ようやく戻って来ると、相馬家の事情をあれこれとおりつに語った。相馬家は裏店二軒分を借りていて、もう一軒は夜講《やこう》に訪れる弟子達の教場にしているという。二軒の住まいは土間口こそふたつあるが、中は壁を取り払い、襖《ふすま》を入れて出入りできるようにしているらしい。

「それじゃ、お弟子さんから何がしかの物が入るのだね」

おりつは商売人の妻らしく言った。

「ええ、そうみたい。でも、お姉さんは暮らしの掛かりにいつも頭を悩ませているの。そんなお姉さんに、奥様はお金のことばかり考えるのは下衆《げす》のやることと文句を言うのよ」

「あの奥様なら言いそうなことだ」

「お姉さんは奥様のおっしゃることを、はいはいと聞いて、決して逆らわないの。あたしにはとても真似《まね》できないよ」

「お武家さんは、あたしら町家者《まちやもの》とは違う考えがあるのさ。でも、琴江さんは感心な娘さんだ。相馬様はよい娘さんを持ったものですよ」

「あたしもお姉さんのことは大好きよ。小舟町に引っ越して、お姉さんと出会ったことが一番嬉しい」

　おいとは眼を輝かせて言った。


　小舟町に引っ越して十日ほど経った。夏の暑さは相変わらず厳しかった。おりつは土間口前の掃除をしてから、手桶《ておけ》の水を振り撒《ま》いていた。通りには往来する人々に交じり、金魚売りやら、風鈴売りやらも通る。誰しも暑さに閉口し、疲れ切った表情をしていた。

　その日も惣兵衛は辰吉を伴って外に出ていた。他の寄合の仲間の店を訪れ、色々、何か話を引き出したい考えだったのだろう。おおかたは中田屋さんの言う通りにするのがいいというものばかりだったが。夜は夜で相馬家を訪れ、主の虎之助と今後の相談をしていた。

虎之助は顔見知りの岡っ引きに中田屋の様子と忠助の足取りを探らせているようだ。もしも中田屋と忠助が示し合わせているとすれば、どこかで二人が会っていることも考えられた。ただ、忠助を捕まえても一文字屋を再建できなければ、おりつにとって何んの意味もない。持ち逃げされた金が戻る公算も低いと思っている。

もの思いに耽《ふけ》りながら水撒きをしていると、日傘を差し、中年の下男らしいのを従えた武家の娘が目の前を通り過ぎた。

年の頃、十七、八の娘で、この暑さをものともせず、こってりと化粧をして、よそゆきの着物に身を包んでいた。長い袂《たもと》がひらひらするのを、おりつは呆然《ぼうぜん》と見つめた。絽の着物は買うとなれば高直《こうじき》だ。いったいどれほど大きな家の娘だろうかと思った。

ところが娘は義三郎店の前で立ち止まった。

それから、ひとつ息を吐いて門口をくぐった。やり過ごそうと思ったが、どうにもその娘のことが気になり、おりつは家に入ると二階のおいとの部屋へ向かった。おいとの部屋には窓があり、そこから裏店の様子を見ることができる。

部屋の中はむっとする暑さだった。慌てて窓を開けると、娘が相馬家の前に進んで行くのが見えた。

日傘を畳み、訪《おとな》いを告げる細い声も聞こえた。琴江が応対に出た様子でもある。娘はその場に立ち止まったまま、澱《よど》みなく話を始めたが、おりつにはその内容までは聞き取れなかった。琴江は押し黙っている様子である。娘はいらいらして「素直に応えたらどうなのですか」と甲高い声で琴江に言い放った。

おりつは眼が離せなかった。やがて外へ出て来たのは、琴江でなくおいとだった。おいとは琴江の家に遊びに行っていたのだ。

おいとは娘の肩を邪険に突いた。下男が慌てておいとの前に立ち「お嬢様に何をする、この餓鬼《がき》！」と、おいとに平手打ちを喰らわせた。

おいとはその拍子に地面に倒れ、泣き声を上げた。おりつはすぐさま部屋を出ると階段を駆け下り、下駄を突っ掛けておいとを助けに裏店へ向かった。

おいとはまだ泣いていたが、琴江が助け起こして宥めていた。琴江の母親の正江も騒ぎに気づいて外へ出ている。近所のかみさん連中は何事かと様子を窺《うかが》っていた。

「殿方の心をご自分に振り向かせようと、このような所までおいでになるとは、呆《あき》れたものでございます。恥を知りなさい！」

正江の凛《りん》とした声が響いた。

「わたくしは己《おの》れの倖《しあわ》せを己れの力で摑み取りたいのです。わたくしの願いはそれだけです」

娘は意地になって反論した。

「では、最後までご自分の力でおやりなされ。娘は三崎州吾《みさきしゅうご》殿との縁談を白紙に戻しております。何んのご遠慮もいりますまい。三崎殿に、妻にしていただきたいと縋《すが》りつかれるのがよろしかろう。それが吉となるか凶となるかは三崎殿のお心次第で、当方が関知することではございませぬ」

正江の言い方は小意地が悪かったが、その時のおりつには胸がすくような気持ちだった。

「州吾様は未練にも琴江さんのことが忘れられないのです。琴江さんはどのような手をお遣いになったものやら。殿方のお心を捉《とら》えるのがお上手でいらっしゃいますこと」

「そのように皮肉を並べ立てておきながら、三崎殿と祝言を挙げられるよう口添えしてほしいとは、開いた口が塞がりませぬ」

「黙れ、婆《ばば》ァ！」

下男は業を煮やして悪態《あくたい》をついた。

「ちょいとあなた、武家の奥様に何んという口の利き方をなさいます。無礼ですよ」

たまらずおりつは口を挟《はさ》んだ。うるせェ、と下男は血走った眼でおりつを睨んだ。

「お引き取りを。近所迷惑です」

正江はきっぱりと言って踵《きびす》を返し、家の中に入ってしまった。

「わたくしの申し出を承知して下されば、それ相当のお礼を致します。いえ、このような裏店ではなく、少しはましな一軒家をご用意致します。いかがですか」

娘は見下げたようなもの言いで琴江に言った。裏店住まいの琴江をばかにしていた。

「お断り申し上げます。そのような手前勝手な申し出を受ける訳には参りませぬ。痩せても枯れても、わたくしは相馬虎之助の娘でございます」

琴江は声を励まして言ったが、身体《からだ》は怒りで震えていた。娘は、じっと琴江を睨んでいたが、やがて「お話にもなりません」と捨て台詞《ぜりふ》を吐いて去って行った。琴江は安堵《あんど》の吐息をつくと、くらっとよろめいた。緊張の糸がほどけたのだろう。

「しっかりなさいませ。あのようなあんぽんたんに負けてはいけませんよ」

おりつは琴江の腕を取って言った。

「あんぽんたん……」

琴江はおりつの言葉を呟《つぶや》くと、噴き出した。

口許を押さえて、それから笑いがしばらく止まらなかった。琴江の笑い声は途中から泣き声に変わった。

「大丈夫。きっと琴江さんは倖せにおなりですよ。今に三崎様という方がきっと琴江さんをお迎えにいらっしゃいます。そうでなければ、あのあんぽんたんとの縁談をとっくに承知しているはずですもの。焦《あせ》らずに、じっとその時を待つのです」

おりつは琴江に言うより、自分に言い聞かせるようなつもりになっていた。

「お内儀さんは観音様のよう……」

「あたしが観音様ですって？　まあまあ何をおっしゃることやら」

おりつは苦笑した。武家の娘が帰ると、裏店のかみさん連中も、ほっとしたように家の中に入った。外にはおりつと琴江、それにおいとの三人が残された。

「お店が大変なことになったというのに、お内儀さんは気丈に振る舞っておられます。わたくしはとても感心していたのです。そうだ、わたくしも何があっても気を落とさずに暮らして行こうと心に誓っておりました」

琴江は人目がなくなったせいもあり、そんなことを言う。

「まあ、そうでしたか。そう思っていただいて恐縮でございますよ。琴江さんはご家族のために親身に尽くしていらっしゃいます。どうぞ、これからもご家族のお力になって下さいましな」

「ええ。でも、この先、わたくしはどうしてよいのかわからなくなりました。先ほどいらした方のお父上はご公儀の勘定組頭《くみがしら》を仰《おお》せつかっておられます。わたくしの許婚《いいなずけ》だった三崎様も同じ部署で勘定衆を務めております。わたくしとの縁談が反故《ほご》になると、それを待っていたかのように、あの方は三崎様との縁談を進めるようお父上に懇願されたのです。ですが……」

「三崎様は承知なさらなかったのですね」

「ええ。それはどのような意味なのかと考えると、わたくしは胸が苦しくなるのです。お内儀さんは三崎様が迎えに来て下さるとおっしゃいましたね」

「ええ……」

「わたくしもそう思いたい、そう信じたいのです。でも、縁談を反故にしてから、わたくしは一度として三崎様にお会いしたことはないのです。それなのに甘い夢を見ている自分が情けなくて」

琴江はそう言って咽《むせ》んだ。

「お姉さん。お姉さんは三崎様のことを好きなのね。好きだから諦め切れないのでしょう？」

おいとが口を挟んだ。

「おいとちゃん……」

琴江は無理に笑おうとして唇が引きつった。

「何んとかしましょう」

おりつはぽつりと言った。

「お内儀さん、どうなさると」

琴江は怪訝な眼でおりつを見つめた。

「相馬様がうちの店のことを色々ご心配して下さいますが、それよりも琴江さんの問題の方が先でございます。ぐずぐずしていたら琴江さんは行かず後家になってしまいます」

「行かず後家？」

おいとが素《す》っ頓狂《とんきよう》な声を上げた。

「お内儀さん、ちょっとひどいおっしゃりようですね」

琴江は洟を啜って、ちくりと文句を言った。

「ご無礼致しました。あたしは思ったことをすぐに口にする質《たち》なもので」

おりつは慌てて取り繕った。惣兵衛に話をして、琴江のことを何んとかしろと虎之助に言わせるつもりだった。

五

小舟町に引っ越してひと月が過ぎた。惣兵衛は相馬虎之助の助言を信じて、町奉行所へ出した忠助の訴えを取り下げなかった。中田屋の表情には焦りのようなものも感じられた。時には脅しのようなもの言いもする。さすがに惣兵衛も、これは何かからくりがあるのだと思わずにいられなくなった。

そして、馬喰町《ばくろちょう》の中田屋に訪れて来た忠助を土地の岡っ引きが見つけ、自身番にしょっ引《ぴ》いたのは、さらにひと月後のことだった。忠助は自身番で取り調べを受けた後、茅《かや》場町《ばちょう》の大番屋《おおばんや》へ移され、さらにきつい取り調べを受けるという。呼び出しを受けた惣兵衛は小網町の鎧《よろい》の渡しから、大番屋へ向かった。大番屋は重い罪を犯した者の取り調べをする所だった。

大番屋に着くと、驚いたことに中田屋も忠助の横に座っていた。

「お役人様。これはどうしたことでしょうか」

惣兵衛は事情が呑み込めず、傍にいた同心に訊いた。

「どうしたとな？　人のよい。この二人は一文字屋を潰した張本人だ」

まさかという気持ちと、やはりという気持ちが惣兵衛の胸の中で交錯した。

「番頭の忠助は先代の主から暖簾分けを約束されていたが、その約束が叶《かな》えられない内に先代は亡くなり、手代だったお前が一文字屋の娘の婿になって主に収まった。忠助は番頭で一生を終えるのがばかばかしくなり、中田屋と手を組んだのだ。中田屋は商売が下火になっていたものだから、忠助をそそのかして掛け取りの金を奪わせたのだ」

「しかし、中田屋さんは手前の店がもう一度商売ができるよう便宜を図るとおっしゃっておりましたが」

「そいつは方便だろう。中田屋は一文字屋から奪った金でひと息ついたので、その恩返しに忠助を無罪放免にし、その先は自分の店の番頭にでも据《す》えるつもりだったのだろう。まあ、この男のことだから、忠助には店を持たせるぐらいは言っていただろうが」

忠助と中田屋は並んで座っていたが、お互い、眼を合わせようとはしなかった。

「何も彼《か》もうそだったんですか」

惣兵衛は中田屋に言ったが、中田屋は返事をしなかった。

「わたしらがどんな思いで小舟町に引っ越して来たか、あんたは何もわかっていなかったんですね。その場しのぎのうそ八百を並べ立てただけで……番頭さん、あんたは何んだね。長年奉公した店を潰し、それで気が済んだというのかね」

惣兵衛が憤った声で言っても、忠助もやはり何も応えなかった。

「一文字屋、後は奉行所に任せることだ。忠助は大金を盗んだ上に店を潰した。死罪は免れないだろう。中田屋も同様だ」

同心がそう言うと、忠助は眼を剝《む》き「わたしは中田屋の旦那《だんな》にそそのかされただけだ。悪い女に引っ掛かり、金を脅された時、中田屋さんは親切顔で取りなしてくれた。しかし、わたしはその後で、お店の金を奪うことを囁《ささや》かれたのです。いやと言うことはできませんでした。悪いのはこの男です！」

「何を今さら。一文字屋にひと泡吹かせたいとほざいたのは手前だろうが」

「何んだとう！」

「ええい、うるさい。口を慎め」

同心が怒鳴り声を上げた。惣兵衛はその場にいたたまれず「よろしくお願い申し上げます。用事がございますので、手前はこれで失礼致します」と辞儀をして大番屋を出た。もはや一文字屋の再建は絶望的だと思った。

惣兵衛は意気消沈していた。忠助と中田屋がどうなろうと、そんなことはどうでもよかった。店の立て直しこそが問題だったのだ。

鎧の渡しで小網町に着くと、惣兵衛はとぼとぼと小舟町に向かった。おりつに何んと言えばよいのか、わからなかった。呉服屋の一人娘として何不自由なく暮らして来た女が、自分と所帯を持ったためにこのようなていたらくとなったのだ。文句ひとつ言わないおりつがなおさら惣兵衛には不憫でならなかった。

「一文字屋さん」

後ろから声を掛けられ、振り向くと相馬虎之助が立っていた。虎之助は一人だった。

「本日、坊ちゃんはご一緒じゃなかったのですか」

「ふむ。湯島の学問所へ行っております。そろそろ試験が迫っておりますので、慌てて勉強を始める気になったのでしょう」

「いずれは相馬様の跡を継いで、お儒者になられるのですね。頼もしい限りです。それに比べてうちの極楽とんぼはどうしようもありません」

「なに、辰吉も見どころがありますよ。最近、わしの所で『商売往来《おうらい》』を学んでおります」

「何んですかそれは」

「商家の子供達のために書かれた手引書ですよ。恙《つつが》なく商売を続けるために学んでおるのです。辰吉は一文字屋を継ぐ覚悟ですよ」

虎之助は笑顔で言う。そうですか、としか惣兵衛は言えなかった。本当は辰吉がようやく商いに興味を持った様子が嬉しくてならなかったのだが。

「それから、来年の春に娘を嫁に出すことにしました」

虎之助は話題を変えるように言った。

「それはそれはおめでとうございます。しかし、お嬢さんが輿入《こしい》れされたら家の中がご不自由になりますね」

「なに、妻がおります。これからは娘に教えられて、そろそろ台所仕事もこなすことでしょう」

「話があべこべですね」

「全くです」

虎之助はそう言って、朗らかに笑った。

「お相手は例のお武家様ですか」

「さよう。あなたのお内儀さんが娘のために色々と力になってくれたお蔭《かげ》です」

「いえいえ、ただのお節介ですよ」

「そんなことはありません。わしは本当にありがたいと思っております。娘の気持ちをわかっていたのは、お内儀さんとおいとちゃんでしたからね」

それなら、おあいこじゃないかと惣兵衛は思う。虎之助も惣兵衛のために忙しい時間を割《さ》いて忠助と中田屋のことを調べてくれたのだから。

「うちの番頭と中田屋が捕まりました」

惣兵衛は低い声で虎之助に伝えた。

「ほう、ようやく奉行所が腰を上げましたか。少しは安心なさいましたでしょう」

「いや、これからのことを考えると悩みは尽きませんよ」

「また一から始めたらよいのです。焦ることはありません。小舟町に一文字屋の看板を揚げましょう。きっと客がつきます」

虎之助はきっぱりと言った。

「やあ、風がずい分、涼しくなった。暑い暑いと言っていたのに、もはや秋ですね。ああ、いい気持ちだ」

虎之助はそう続けて深く息を吸った。この人の傍にいれば不思議に気が楽になる、と惣兵衛は思う。それがありがたい。

「はい、何んですか」

「一文字屋惣兵衛、一生のお願いです。いついつまでもおつき合いを」

畏《かしこ》まって言った惣兵衛に虎之助はつかの間、呆気に取られた表情をしたが「そうですね。いついつまでもおつき合いしましょう」と応えた。

二人はそれから茜色に染まる夕陽を浴びながら家路を辿《たど》った。

相馬虎之助はそれからも裏店暮らしを続け、惣兵衛もまた小舟町で狭いながら呉服の商売を始めた。その時も虎之助は客がつく案を、あれこれと惣兵衛に助言してくれた。それが功を奏したことも一度や二度ではなかった。僅《わず》かながら商売に弾みがつくと、惣兵衛は相馬一家の衣服の面倒を見るようになった。いつしかそれは惣兵衛の生きる張りともなっていた。義三郎店から出て行く虎之助を近所の人間は「裏店の聖人」と渾名《あだな》で呼んでいたが、虎之助本人はそう呼ばれていることに少しも気づいていなかった。背筋を伸ばし、皺ひとつない着物と羽織で虎之助は講義に出かけて行く。見送る惣兵衛の口許には、いつも満足そうな微笑《ほほえ》みが浮かんでいた。おりつは、そんな惣兵衛の顔を見るのが好きだった。

「相馬様」

# 吹きだまり

北原亞以子

北原亞以子（きたはら・あいこ）
一九三八年東京都生まれ。六九年に「ママは知らなかったのよ」で新潮新人賞を受賞しデビュー。八九年に『深川澪通り木戸番小屋』で泉鏡花文学賞、九三年に『恋忘れ草』で直木賞、九七年に『江戸風狂伝』で女流文学賞、二〇〇五年に『夜の明けるまで』で吉川英治文学賞を受賞。著書に『まんがら茂平次』『妻恋坂』『父の戦地』『誘惑』『あんちゃん』、「慶次郎縁側日記」シリーズなど多数。一三年逝去。

一年間、質に入れたままだった紬《つむぎ》の羽織と着物、それに帯と雪踏《せった》は、先刻請け出してきた。日傭《ひようと》取りの身で、毎月利息を払いつづけるのは辛《つら》かったが、家には置いておけぬ事情があったのだ。

間口《まぐち》九尺奥行二間《にけん》、四畳半一間の棟割長屋《むねわりながや》には、戸棚《とだな》すらない。雨が降れば、天井のそこかしこから雫《しずく》が滴《したた》り落ちてくる。

その上、隣りや向いの亭主が、始終泊りにきた。隣りは四人の子持ち、向いには六つを頭《かしら》に五人の子供がいて、女房が少しでも手足を伸ばして眠りたくなると、亭主に喧嘩《けんか》を吹っかけて追い出してしまうのである。作蔵の家には、入口と奥の柱に釘《くぎ》を打って、今も麻縄《あさなわ》がななめに張り渡してあるが、そこへ紬の羽織や着物を洗濯物《せんたくもの》と同じようにかけておいたなら、雨漏りのしみだらけになるか、泊りにきた亭主のどちらかが『ちょいと借りるつもり』で持ち出して、古着屋に売り払っていただろう。

作蔵は苦笑いをしながら、手に唾《つば》をつけた。すりきれて、藁《わら》のはみ出している畳を持ち上げる。

二つ折りにした油紙が敷いてあった。その間に、たとえ米が買えずに水を飲んで寝ることになっても、必ず駄賃《だちん》の中から百文ずつ溜《た》めた金が並べてある。銭相場《ぜにそうば》の高い時に金に替えて、今年も四枚の二分金と二百ほどの銭が溜まっている筈《はず》であった。湿気のせいか、銭には緑青《ろくしょう》が吹いていた。二つ三つを袖口《そでぐち》で拭《ふ》いてみたが、あまりきれいにはならない。それに長屋の者達は、金の音やにおいに異常と思えるほど敏感だった。拭いているうちに、向いの女房が断りもなく腰高障子を開けるかもしれず、作蔵は、音をたてぬように、注意深く金と銭を寄せ集めた。

財布を懐《ふところ》へ押し込み、羽織や着物などをくるんだ風呂敷《ふろしき》を持つ。麻縄にかけてあった手拭《てぬぐ》いを寒さしのぎに首へ巻いて、それで忘れ物はない筈だった。あとはこの町内を出てから目についた湯屋へ入り、紬の着物に着替えればよい。

土間へ降りた。

早く行こうとせきたてる気持に意地悪をして、部屋をふりかえる。

多分、ここへは戻って来ない。釘にかけた麻縄も、盆の上の茶碗《ちゃわん》と箸《はし》も、隅《すみ》に押しつけてある煎餅布団《せんべいぶとん》も置いてゆくことになるが、惜しくはなかった。一年前、何となくこの長屋へ足を踏み入れて、何となく住むことにした時に、いずれもただ同然の値で買ってきたものだった。

「あばよ」

と呟《つぶや》いて、作蔵は、昨夜から強くなった風にうるさく揺れている腰高障子に手を伸ばした。

その障子が、敷居の上で跳ねた。風のせいではなかった。誰かが外から開けようとしているのだが、障子が素直に動いてくれないのだった。

「誰でえ、こんな時に」

作蔵は、舌打ちをして障子に手をかけた。平らではなくなっている敷居につかえながらではあったが、障子は無事に開いた。

「おう、まだいたか」

軒下に立っていたのは、着古した着物の衿《えり》もとから、紺の腹掛けをのぞかせている四十がらみの男だった。

「寒」

路地を通り過ぎた風に、首をすくめて土間へ飛び込んでくる。ここ半年の間、作蔵を下働きとして常雇いのように使っている、左官の三五郎であった。

「間に合ってよかったよ」

三五郎は、膝《ひざ》のあたりについていた壁土を払い落とし、懐から鼻紙にくるんだものを取り出した。金であった。

「これで、おふくろさんに土産の一つも買ってやってくんな」

「とんでもねえ。親方、こいつは受け取れねえや」

「どうしてって」

「俺《おれ》の気持だぜ。昨日、おふくろさんが病気と聞いた時に渡せりゃよかったのだが、何たって、こっちも持ち合わせがねえやな。で、うちん中《なか》にある金をかっ攫《さら》って持って来たのさ」

「すみません」

作蔵は、小さな声で詫《わ》びた。

昨日の昼、作蔵は、母親が病いに倒れたので故郷《くに》へ帰ると云った。師走《しわす》も十日を過ぎたし、畳の下の金も二両をこえたし、そろそろ三五郎の前から消えてもよい頃《ころ》だと、矢も楯《たて》もたまらなくなって嘘《うそ》をついたのだった。

「親方には、迷惑のかけ通しで」

「水くせえことを言うねえ。俺あ、お前を日傭取《ひようと》りにしておくなんざ、もったいねえと思ってるんだ」

三五郎は、作蔵に金包みを握らせて、部屋の上がり口に腰を下ろした。

作蔵は、へっついの前へ行って、また三五郎の前へ戻った。

飛ぶ鳥のようにあとを濁さぬつもりで、へっついは、火種のかけらもないほどきれいにした。茶の葉などは買ったことがないし、従って薬罐《やかん》も土瓶《どびん》もなかった。が、旅支度ではない作蔵を見て、出発は明日と思ったのか、三五郎は、腰の煙草《たばこ》入れを取った。作蔵は、あわてて向いの家へ行き、こわれかかった煙草盆と、湯の入った薬罐を借りてきた。

たった一つしかない湯呑《ゆの》み茶碗に、湯をついで出す。目を伏せていても、三五郎が自分を見つめているのはよくわかった。

「お前《めえ》」

いやな予感がした。言われたくないことを、言われそうであった。

「お前、左官にもどる気はねえのか」

案の定だと、作蔵は思った。が、答えようがない。もどる気はまったくないのだが、そう答えれば、長々と心得違いをさとされそうだった。

「お前ももう二十五だろうが。昔、何があったのか知らねえが、いつまでも日傭取りでもあるめえ」

「へえ」

「それも、腕に職がねえのなら仕方がねえ。が、お前《めえ》は、ちょいと修業をすれば、立派に左官でございと言える腕を持っているんだ。何も、好きこのんで日傭取りをしているこたあねえだろう」

「へえ」

「俺の親方が、お前《めえ》なら面倒をみてもいいと言ってるよ。不景気で、仕事にあぶれている職人もいるってのに、有難え話じゃねえか」

三五郎は、下請《したう》けの左官だった。味噌蔵《みそぐら》の塗り替えなどを自分で請け負うこともないことはないのだが、たいていは親方から仕事をまわしてもらい、手伝いの日傭取りを連れて仕事場に行く。

作蔵は、二十《はたち》で家を飛び出すまで左官だった。それも、名人気質《めいじんかたぎ》の父親に厳しく仕込まれていた。今でも、一人前の顔をしてこてを動かしている十八、九の左官より、ましな仕事をする自信はある。

が、江戸へ出て来て左官になるつもりは、毛頭なかった。三五郎に雇われたのも偶然で、仕事場へ行くまでは、雑用のほかは何もしないつもりだった。

仕事場へ行っても、なつかしいとさえ思わなかった。思わなかったのだが、水を汲《く》みに行ったり、道具をはこんだりしているうちに、気がつくと壁土をこねていた。三五郎が下谷車坂《したやくるまざか》の長屋まで作蔵をたずねて来て、これからは俺と組んでくれと頼んだのも無理はなかった。

「故郷《くに》は、小田原だと言っていたな」

「へえ」

それは、嘘ではない。

「どんなわけがあって家を飛び出したのか知らねえが、おふくろさんの病気であわてて帰ると聞いて、お前《めえ》も親孝行なんだと安心したよ」

三五郎は、ぬるい湯を飲み干して立ち上がった。

「待ってるぜ。おふくろさんの具合がよくなったら、俺んとこへ帰って来てくんなよ」

親しげに作蔵の肩を叩《たた》いて、三五郎は、腰高障子を開けようとした。

障子は、うるさい音をたてただけだった。一度や二度たずねてきたからといって、素直に動いてくれるような代物《しろもの》ではなかった。


思いがけない三五郎の来訪で、根岸《ねぎし》の庚申塚《こうしんづか》に来た時には日が暮れかけていた。風が雲を吹き払った空は薄藍《うすあい》と夕焼けの赤に染め分けられ、地上は凍りつくように冷えてきた。夕焼けを映していた稲田《ひつじだ》も暗い色になり、小柴垣《こしばがき》にかこまれた茅葺《かやぶき》屋根の家には今、明りがついた。

作蔵は、苦笑して足を止めた。いつの間にか、やぞうを拵《こしら》えて走っていた。

先刻、御切手町《ごきってまち》の湯屋で紬の着物に着替え、それまで身につけていた物は、着物であれ下着であれ、一切合財《いっさいがっさい》捨ててきたのだが、つい昨日までの習慣が出てしまったらしい。着崩れをした衿もとを直し、帯を締め直したいのだが、若い男がすぐうしろを歩いてくる。作蔵は、庚申塚の横で枝を広げている松の陰に入ろうとした。

薄闇《うすやみ》の中に濃い影をつくっていた松が、二つに割れた。そう見えたが、割れた一方が庚申塚の薄闇へ近づいて行って、女の姿になった。松のうしろに隠れていたのが、作蔵の気配に驚いて飛び出したようだった。

作蔵は、もう一度若い男をふりかえった。女がその男と待ち合わせをしていたのではないかと思ったのだが、男は知らぬ顔で通り過ぎた。丸顔の、まだ十七か八と思える若者だった。

「あら」

と、女が言った。口許《くちもと》に微笑を浮かべて、作蔵に近づいてくる。

「去年、お店へお越しいただいたお人じゃございませんか」

名前を思い出せぬらしい。首をかしげた女を見て、作蔵はかすかに顔をしかめた。やぞうを拵えて走っているところなど、いやなところを見られたものだと思った。

作蔵も、愛嬌《あいきょう》のある女の目や口許に見覚えがあった。温泉風呂があり、湯治《とうじ》の名目で宿泊もできることで有名な、『春江亭《しゅんこうてい》』という料理屋の女中だった。

「ああ、じれったい。若旦那《わかだんな》のお名前が、ここまで出てきているのですけど」

「わたしは、お前の名を覚えているよ」

お、み、ち——と、作蔵は、一文字ずつ区切って言った。

「まあ、どうしましょう。わたしは、まだ若旦那のお名前を思い出せない」

「相模屋《さがみ》だよ。本所《ほんじょ》の」

「思い出しました」

おみちは、手を打って頓狂《とんきょう》な声で叫んだ。

「古釘をいっぱいつけた磁石を看板にしている、古金問屋の若旦那。ね、ちゃんと覚えておりましたでしょう?」

「有難うよ」

やぞうを拵えて走っていたことなどきれいに忘れて、作蔵は鷹揚《おうよう》に笑った。

「ところで、部屋は空いているかえ、店を抜け出してきたから、一晩でいいんだが」

「ご用意致しますとも。さ、どうぞおいで下さいまし」

お寒いところを、よくおいで下さいましたねえなどと言いながら、おみちは先に立って歩き出した。

この寒さの中で、なぜおみちが庚申塚の松の陰に立っていたのか、作蔵は聞きたいとも思わなかったが、おみちも、『相模屋の若旦那』がなぜ松の陰に入って来ようとしたのか、尋ねようともしなかった。

湯殿へどてらをはこんできたおみちが、ごゆっくりと言って出て行った。

暖かい湯気がたちこめて、檜《ひのき》の香りと一緒に薬草の匂《にお》いが漂ってくる湯殿には、天井近くにつけられた明りが揺れているだけで誰もいない。暮六つから五つまでの一刻《いっとき》が、作蔵に割り当てられた入浴の時間であった。

着物を脱ぎ、ちょっと迷ったが、財布をどてらの袖へ入れる。

「極楽、極楽」

唄《うた》うように呟きながら、作蔵は、冷えた軀《からだ》を湯に沈めた。

「湯加減はいかがで?」

風呂焚《た》きが、外から声をかけてくる。

「結構」

と答えて、作蔵は目を閉じた。

薬草を浮かべた湯の熱さが、軀にしみてくる。やめられねえ、そう思った。

薬草入りの湯に入り、出される料理に一合の酒をつけてもらうだけで、一年間、満足に食べず、ろくな物を着ずにためた金の大半が消える。それでも作蔵は、一昨年も去年も春江亭へ来た。

小田原の両親や兄達が作蔵のしていることを見たならば、血相を変えて怒るにちがいない。

そんなことをしていて、お前、病気にでもなったらどうするんだよ。

母親の声が聞えたような気がした。

兄ちゃん達を、少しは見習う気になってご覧な。今のままじゃ、医者にかかることもできやしないよ。

名人と言われる左官を夫にした母親は、いつも遣繰《やりく》りに追われていた。父親は、どれほど金を積まれてもいやな仕事は引き受けず、引き受けたあとでも、客の注文が気にくわなければ、途中で別の左官と交替した。そんな時は収入がなくなるどころか、それまでの材料代を自分が負担することになり、母は白髪《しらが》の目立つ髪をかきあげながら、台所の隅で溜息《ためいき》をついていたものだった。

父の仕事ぶりを見て育った兄達は、客が言う多少の我儘《わがまま》には目をつぶるようになった。が、長兄が足場から落ちて大怪我《おおけが》をした時には、女房の実家や次兄から借金をするだけでは足りず、高利の金にまで手を出すほどだった。

それに懲《こ》りた長兄の女房は、万一に備えて金を溜めはじめた。次兄の女房も、同様だった。

つまらねえ、と作蔵は思った。他人の家の壁を塗って、名人の呼び名と引き換えに一生を貧乏のまま終えるのも、医者代を懸命に溜めて生涯《しょうがい》を閉じるのも、両方ともいやだった。

ほかに何かすることはねえのかよ。

思い切って左官の職を離れてみれば、やってみたいことも幸運も転がっているように思えた。が、そうするには、小田原にいては駄目だった。母親と長兄は、可愛《かわい》い顔をした近所の娘を、作蔵の女房にしようと躍起になっていた。

作蔵は家を出た。江戸へ行けば、転がっている幸運の数も多いように思えた。

それが二十の春のことで、ざっと六年がたつ。口入屋は何軒も変わったが、もらう仕事は荷揚げ、川浚《かわさら》い、引越の手伝いと変わりなく、あの時にこうすれば幸運を摑《つか》めたと後悔するほどの出来事もなかった。

が、ただ一つ、何物にも替えがたい楽しみが見つかった。春江亭の風呂《ふろ》であった。

あれは、四年前の夏の終りだった。油蟬《あぶらぜみ》のうるさく鳴いている暑い日で、作蔵は、引越の荷車をひいて根岸の道を歩いていた。その横を、一目で湯上がりとわかる浴衣《ゆかた》姿の男が通り過ぎ、『春江亭』の文字が焼きつけられた額のかかっている門の中へ入って行ったのである。

くそ。

と、作蔵は胸のうちでわめいた。作蔵は、背と言わず胸と言わず、月代《さかやき》ののびた頭から草鞋《わらじ》の指先まで汗まみれだった。

俺も春江亭の客になってやる。

なってやるが、今は一文の持ち合わせもない。

その日から、作蔵は金を溜めはじめた。江戸へ出て来はしたものの、夜明けとともに口入屋へ飛び込む暮らしの連続で、こんな筈《はず》ではなかったと、安酒を飲んでは酔いつぶれるようになっていたのだが、檜の風呂でくつろぐ自分の姿が脳裡《のうり》に浮かぶと、縄暖簾《なわのれん》をくぐる気がしなくなった。

仲間達と喧嘩《けんか》をすることもなくなった。口入屋や長屋の人達から、顔色がよくなったと言われるようにもなった。

そして一昨年の師走、作蔵は紬《つむぎ》の羽織と着物を誂《あつら》えて、春江亭へ行った。二年あまりかかって溜めた金は、着物代と宿泊代できれいに消えた。

それから四、五日の間、作蔵はぼんやりと寝転んで暮らした。何をするのも億劫《おっくう》だった。が、ふと、もう一遍あの湯舟で手足を伸ばそうと考えたとたん、軀が動き出した。

作蔵は、仕事のあった日に百文ずつ、夢中で溜めた。縄暖簾へ誘われるのがいやさに、住まいを芝のはずれから本所へ移しもした。

本所では下戸《げこ》との噂《うわさ》がたち、作蔵が白湯《さゆ》を飲んでいても、けちだと言う者はいなくなった。雨の日がつづいて、畳の下の金に手をつけることもあったが、少しずつ溜まってゆき、師走にはちょうど二両になった。

作蔵は紬の着物に着替えて春江亭へ行き、一昨年はいなかったおみちに、本所の古金問屋だと嘘を言った。

それを、おみちが信用したせいかもしれない。本所へは戻りたくなくなって、何となく足の向かった下谷車坂で空家の貼紙《はりがみ》を見つけ、その長屋に住みついた。

左官などという職を持っていちゃ、そう気楽には動けねえし、古金問屋の若旦那の真似《まね》もできなかっただろうな。

と、作蔵は湯舟の中で思った。

気楽が一番さ。

家を追い出された亭主が、路地で女房を罵《ののし》っては作蔵の家へ泊りにきた車坂の長屋もわるくはなかったが、何年も住みつくと、『車坂の日傭取り』が身について、『古金問屋の若旦那』にはなれなくなってしまう。明日、春江亭を出たら深川の方へ足を向け、長屋を探してみるつもりだった。

「旦那、背中をお流ししましょうか」

風呂焚きの声がした。

「ああ。頼むよ」

思いきり湯をはね飛ばして立ち上がる。庭から出入りする木戸口の錠をはずすと、風呂焚きは、背をかがめて入って来た。

背や腕を流してもらい、もう一度暖まって、作蔵は湯殿を出た。

どてらの袖《そで》に入れた筈の財布がないことに気づいたのは、離座敷《はなれ》へ戻ってからだった。

作蔵は、青くなって湯殿へ戻った。

はじめから無一文で来たのだろうと、番頭に罵られる光景が目の前をよぎった。門の外へ突き出され、岡っ引に腕をねじ上げられるところまで想像したのだが、財布は床に落ちていた。どてらを着た時に、滑り落ちたのかもしれなかった。

歓声をあげそうになった口許を押え、作蔵は、拾い上げた財布をおしいただいてから、その紐《ひも》を首にかけた。

廊下へ出ようとしたが、動悸《どうき》が激しくなっている。息をきらせて歩いているのを、店の者に見られてはみっともないと思い、深呼吸を繰返していると、木戸口の方から低く押し殺した声が聞えてきた。作蔵は、思わず耳をすました。

「ばか」

と、女の声が言った。

「いったい何を言いだすのさ」

「だって、ほかに方法がないじゃないか」

女の声は、おみちのようだった。男の声は誰かわからなかったが、おみちの言葉遣いから考えて、弟かもしれなかった。あまり人に聞かせたくない話のようで、湯殿に人の気配がないと知って、立話をはじめたのだろう。

「伯父さんの家へ盗みに入るだなんて。いくら伯父さんが因業《いんごう》でも、泥棒《どろぼう》は泥棒だよ」

「それじゃ、ここの女将《おかみ》さんから金を借りられるかえ」

「無理だよ。去年、お給金の前借りをして働きはじめて、その年の暮には今年と来年の分を借りて、今年はもう再来年《さらいねん》のを借りちまったんだもの」

「給金とは別にさ、必ず返すからと言って」

「再来年のお給金を借りている人間に、借金が返せると思うかえ」

「だから、俺《おれ》が伯父さんのうちへ盗みに入ると言うんだよ」

「ばかなことをお言いでない」

「何がばかだよ。伯父さんは、おふくろの実の兄なんだぜ。俺達が頼まなくっても、医者代を貸してくれるのが当り前なんだ」

おみちは口を閉じた。どうやら姉弟の母親が病んでいて、その医者代の工面《くめん》に困っているらしい。母方の伯父にも、春江亭の女将にも借金を断られて、八方塞《はっぽうふさ》がりとなっているようだった。

「それに、あいつは高利の金を貸して、大勢の人を泣かせているんだ。俺が金を盗むのは、あいつの罪ほろぼしにもなる」

次第に声高になった弟を、おみちが低い声で遮《さえぎ》った。

「お前に盗みをさせるくらいなら、わたしが身を売るよ」

弟の返事はない。おみちが、妙に明るい声で言葉をつづけた。

「わたしでも、十五両くらいには売れるんですってさ」

「姉さん」

「お給金の前借りを返しても、七、八両残るじゃないか。おっ母さんだって、長いことはない。薬を飲ませるより、そのお金でおいしい物を食べさせてやった方が、いいかもしれないよ」

「そうかい」

弟の声は腹立たしげだった。

「それじゃ吉原へでも深川へでも、好きなところへ身を売ってくんなよ。身を売って、売れっ子になって、年季が明ける頃《ころ》にはぼろぼろの軀になって、俺に一生面倒をみさせてくんなよ」

「敬ちゃん」

「姉さんが身を売ったと知って、おふくろが泣かずにいると思うのか」

言葉がとぎれた。

作蔵は、そっと床へ蹲《うずくま》った。二人の話をここまで聞いてから、戸を開けて出て行くわけにはゆかなかった。

湯殿の外では、弟が苛立《いらだ》たしさについ木戸口を蹴《け》ったのだろう。錠前がうるさく鳴り、つづいて思いがけない言葉が聞えてきた。

「借金を頼めるような客は、いねえのかえ」

おみちは、首をかしげたのかもしれない。

「さっき、姉さんの姿を見かけて、わざわざ庚申塚の方へ行った客がいたじゃねえか」

「ああ、相模屋さんね」

「おかしな奴《やつ》だったぜ。お神楽《かぐら》の稽古《けいこ》でもしているような歩き方をしていやがった」

やぞうを拵えたのが、お神楽の稽古に見えたようだった。

おみちの答えが聞えた。

「あの人は駄目《だめ》」

「どうして」

「そんなに気前のいい人ではないもの」

妙に腹が立った。

作蔵は、首から財布の紐をはずした。

春江亭へ来る前に、下着を買い整えたり髪床へ寄ったりして、二分金の一枚をくずしたが、三五郎が餞別《せんべつ》にくれた二朱銀もある。

作蔵は、二分金を二枚取り出した。料理代がおそらく二分、宿泊代が二朱で、女中達に祝儀《しゅうぎ》もやらねばならず、一両は手許に取っておきたかった。が、それでは財布の中に残るのが、二分金と二朱銀がそれぞれ一枚ずつ、あとは銭ということになる。銭が多いので財布はふくらんでいるが、その中身では、古金問屋の若《わか》旦那《だんな》にふさわしくないのではあるまいか。

作蔵は、二分金を一つ財布の中へ入れて、二朱銀を取り出した。急用を思い出したので泊らずに帰ると言えば、支払いは、料理代だけですむ。財布の中身も、二分金が二枚なら、古金問屋らしい体裁が整うだろう。

気がつくと、湯上がりの軀が冷えていた。作蔵は、急いで財布の口を閉めた。少々惜しいような気もしたが、思い切って湯殿の木戸を開けた。さえざえとした月明りの中で、驚いて戸口から飛びしさる男女の姿が見えた。

作蔵は、くしゃみをしながらおみちを招き寄せた。ふっくらとした顔に似合わぬ華奢《きやしや》な手をとって財布を握らせてやり、それから弟の顔を見た。庚申塚の前を通り過ぎて行った時には気づかなかったが、おみちによく似た顔立ちだった。

手あぶりを思いきり引き寄せて、風邪をひきそうな軀を暖めながら酒を飲んでいると、おみちが料理をはこんできた。湯気のたっているのが有難かった。

作蔵は、膳《ぜん》が置かれるやいなや、料理に手を伸ばした。暖かい小鉢《こばち》を頬《ほお》やのどに押しつけて、箸《はし》を取る。

その作蔵の前に、おみちが両手をついた。

「かまわねえよ。金は勝手に遣ってくんな」

言葉が乱暴になっていることにも気づかずに、作蔵は料理を頬ばった。が、おみちは、袂《たもと》から作蔵の財布を出して畳に置いた。

「お気持だけ、有難く受け取らせていただきました」

「遣いなよ。遠慮するなって」

手酌《てじゃく》で酒を飲む。腹のあたりは暖かくなってきたが、まだ肩につめたさが残っていた。

「いえ」

と、おみちは低い声で言った。

「これは、いただけません」

「どうして」

「あの」

おみちは、口ごもりながら答えた。

「銭に、緑青《ろくしょう》が吹いておりました」

「拭《ふ》けば、とれるさ」

「あの」

おみちは、わるいことでもしたようにあとじさり、深々と頭を下げた。

「あの、お客様が、一所懸命に溜めなすったのではないかと」

「そうかい」

作蔵は、酒を飲み干した盃《さかずき》を見て笑った。銭の緑青で、おみちは作蔵の正体を見抜いたらしい。肩が、なおさら冷えてきたような気がした。

「確かに俺あ、貧乏だがね」

もう気取ることはなかった。作蔵は、料理を食べ終えた小鉢に酒をついだ。

「日傭取りが溜めた金でも、金にはちげえねえぜ」

「でも、お客様が長い間かかって溜めたものを」

「痛々しくって遣えねえかえ」

「いえ」

おみちは、弱々しくかぶりを振り、作蔵は、小鉢の酒を一息に飲み干した。

「おみちさん。そりゃあ、俺は古金問屋じゃねえ。お前《めえ》の仲間だよ。お前《めえ》の仲間の貧乏人だよ。が、それだからって、妙な同情はしねえでもれえてえな」

「同情だなんて」

「してねえってのかえ？　嘘《うそ》をつきねえな。それじゃお前《めえ》、この金をここの女将が差し出したらどうするえ？」

おみちは口を閉じた。

「ほれ、みねえ」

作蔵は、小鉢を口許へはこんだが、酒はもう残っていなかった。

「が、女将は金を出しゃしねえ」

「でも」

「見損なわねえでくんな。俺あ、その気になりゃ、立派に左官で食ってゆけるんだ。下谷じゃ名の知れた親方が、どうしても俺のところへ来てくれと、そう言ってるんだ」

顔を上げたおみちが、作蔵を見つめた。

「日傭取りは、俺の気まぐれよ」

おみちの口許《くちもと》に、かすかな笑みが浮かんだ。

「だから、遠慮をせずに遣ってくんな」

「ほんとにいいんですか」

若旦那――と言いかけて、おみちは、「親方」と言い直した。

親方か。

作蔵は、胸のうちで呟《つぶや》いた。

とうとう左官になっちまった。

作蔵は、空の小鉢に唇《くち》をつけて傾けた。酒は一雫《ひとしずく》も流れてこなかった。

つまらねえ。

そう思う。

そう思うが、作蔵は、二度と古金問屋の若旦那にはなれぬにちがいなかった。料理を食べたあと、駕籠《かご》を呼んでもらい、駕籠屋が目を丸くするのもかまわずに下谷車坂へやってくれと言って、木戸ははずしっ放し、どぶ板はこわれっ放しの長屋へ、多分帰って行くだろう。

「お酒を持ってまいります」

財布を持ったおみちが、あらためて頭を下げて部屋を出て行った。

作蔵は、小鉢を膳へ戻し、手あぶりの炭火を灰の中から掘り起こした。

明日から左官に戻るのであれば、ずいぶん寄り道をしたものだが、仮に二十《はたち》の頃からやり直しができるとしても、また家を飛び出して、車坂の居心地よい吹きだまりへ飛び込んで行くような気がした。

「俺も二十五か」

呟いた言葉が部屋に響いた。

作蔵は、両手で自分の肩を抱いた。寒くてならなかった。

「お待たせしました」

酒を持ってきたらしいおみちの声が、ひっそりと聞えた。

# 橋のたもと

杉本苑子

杉本苑子（すぎもと・そのこ）
一九二五年東京都生まれ。五一年に「申楽新記」で「サンデー毎日」の懸賞小説に入選。六二年に『孤愁の岸』で直木賞、七八年に『滝沢馬琴』で吉川英治文学賞、八六年に『穢土荘厳』で女流文学賞を受賞。二〇〇二年に菊池寛賞と文化勲章を受けた。著書に『華の碑文』『玉川兄弟』『埋み火』『マダム貞奴』『冥府回廊』『散華』『悲華水滸伝』など多数。二〇一七年逝去。

# 一

六十の坂を越して以来、この上、生きつづけてゆく気力をすっかり失ってしまった老乞食の勢州《せいしゅう》が、ここへきて、すこし心に張りを持ちはじめた。

――と、いっても理由は、四、五日おきにもらう一文の銭にすぎない。

「金高の、多い少ないにかかわりはないさ」

にんまり、彼はつぶやく。

銭ではなくて、藤色のちりめんで縫った小さな巾着《きんちゃく》から、それをつまみ出してくれる娘のやさしさに、勢州の気持はなぐさめられるのだ。

娘ははたちを越していた。どう見ても、二十三か四ぐらいだが、人妻でないのは白歯で知れた。眉《まゆ》も落としていないし、袖丈《そでたけ》も詰めていない。つまりやや、嫁入りざかりを逃がしかけた娘というところであろう。

身なりは質素だった。

でも、きれい好きらしく、たとえ洗いざらした浴衣《ゆかた》でも、糊をきかせて小ざっぱりと着ているのが、乞食の目にさえすがすがしく映った。

銭をめぐんでくれる人は、世間に少なくない。だからこそ、乞食商売がなりたつわけだけれど、十人のうち十人が、そっけなく飯桶《はんとう》に投げこんでゆく。中には勢いあまって、地べたへ跳ね返るほど、乱暴な投げ方をする者もある。

娘はしかし、ちがっていた。静かにまず、前に立ちどまり、巾着からつまみ出した銭を、小腰をかがめて飯桶の中へ、ポトッと落としながら、礼をいう勢州に、あたたかな笑顔を見せるのである。

(小枝《さえ》に似ている)

と、そのたびに思う。

(あれも気だてのやさしい、親思いな子だったなあ)

勢州の娘の小枝が、桑名《くわな》城下を席捲《せっけん》した流行《はやり》風邪で命を落としたのは、十七歳の冬だった。

一人しかない子を失って、そのとき勢州と彼の妻は悲歎《ひたん》しぬいた。でも、あとでふり返ればむしろ死んでいたほうが、小枝にとってはしあわせだったかもしれない。それから二年後に、勢州は主家を浪人し、桑名の城下を退転して、あてもない流浪の旅に出なければならなくなったのだから……。

そうなのだ。

乞食にまで堕《お》ちた今の境遇ではあるけれども、勢州はもと、武士であった。とりたて、人にすぐれた能力を持つわけではなかったが、篤実《とくじつ》な性格をみとめられて藩主の嫡《ちゃく》男《なん》の守り役に抜擢《ばってき》された。勢州が四十なかばの、男ざかりの時である。

もちろん名も、勢州などというのではない。乞食の仲間入りをしたとき、

「おめえ、生まれはどこだい？」

と訊《き》かれ、伊勢だと答えたことから単直に、以後、勢州とよばれているだけで、この種の符牒《ふちょう》の持ちぬしは、他にも上州《じょうしゅう》だの甲州《こうしゅう》だのと、幾人もいる。

勢州の本名は、唐沢彦右衛門といった。

若君信三郎《しんざぶろう》は跡取りの世子《せいし》で、次期の藩主になる人だ。勢州がお側にあがったとき七歳だったが、それから九年間、抜擢にこたえて誠心誠意、彼が若君の養育に専念したことは言うまでもない。

若君はでも、ひどく育てにくい子供であった。腕白やわがままなら、まだ手段がある。信三郎君の場合はあべこべに、あきれるばかりおとなしいのである。同年輩の学友や小《こ》姓《しょう》たちと、少年らしく泥んこになって遊ぶということがめったにない。考え方も口のきようも、彼らよりはるかにませていて、どうかすると若君のほうが、連中の遊び相手を務めているように見えるときさえあった。

読書に、若君は熱中した。その理解力は、学友たちを遠く引きはなして、やがては難解な質問に、学問の師のほうがたじたじするまでになった。藩邸の書庫は、若君に漁《あさ》りつくされた。漢籍、仏典、日本の歴史から古典まで、若君の机上に乗らない書物はなくなってしまった。

だからといって、博識を鼻にかけるというのではなかった。師に問いただすのも、相手を小なまいきにへこまそうというのではなく、若君の場合、知りたいという欲求をおさえきれないからなのである。

何か大きな疑いか悩みが、聡明《そうめい》で早熟な若君の資質に、影を落としはじめていたらしい。書物によって、それへの解答を得ようとし、読んでも読んでも得られない焦りに、しだいに沈鬱《ちんうつ》になっていったようだ。

居間にとじこもったきり、ぼんやり何ごとか考えあぐねている日が多くなり、そんな若君が、勢州にはえたいがわからなくなって、ただ、おろおろ気を揉《も》んだ。

「心配しなくてもいいのだよ彦右」

逆になぐさめられると、不安はますますつのった。

花の上を舞っていた蝶《ちょう》が、猫にとびかかられて地面に落ち、動かなくなるのにさえ、若君の繊細な神経は、衝撃をうけるらしかった。裏の菜園に下肥《しもごえ》をはこんでくる老いかがまった農民を見て、

「人はみな、いやでもおうでもあのように老いて、やがて死んでゆくのだね」

と、つぶやくように勢州に言ったこともある。この言葉を、勢州から聞かされた若君の、学問の師は、眉《まゆ》をひそめて、

「釈迦《しゃか》そっくりですな」

これも怯《おび》えた表情になった。

「天竺《てんじく》、迦毘羅《かびら》城の王子に生まれた釈尊は、美しい妻を持ち子にめぐまれ、財宝と歓楽にかこまれながら、人間の生きる苦しみ、病む苦しみ、老いる苦しみ、死ぬ苦しみに深く、思いをひそめ、解決を求めて王城を出たそうです。若君もあるいは、この種の煩悶《はんもん》にとりつかれておられるのではありますまいかな」

勢州はふるえあがった。

とんでもないことだ。桑名藩十万石の屋台骨を、いずれは背負って立ってもらわねばならぬ若君に、遁世《とんせい》などされてはたまらない。

そっと書斎をしらべてみると、あんのじょう書架に、釈尊伝が重ねてあった。毒物でも目にしたようにあわてて、勢州はそれを隠したが、隠蔽《いんぺい》すればその影響下から、若君を守れると思いこむところが、勢州の愚直さ、単純さだった。

十六歳に達し、元服がすんだ直後、めずらしく馬場へ出た若君は、

「いい天気だ。遠駈《とおが》けしよう」

と、そのまま乗馬を城外へ乗り出した。

あいにくそばには、勢州一人しか付きそっていなかったので、供の人数をそろえようとしたが、

「ひと責め、馬を責めたらすぐ、もどるのだ。ついてくるなら彦右だけでいい」

と若君は待たずに、鞭《むち》をあげて馬を疾走させはじめた。勢州は狼狽《ろうばい》し、これも急いで騎馬で追った。

城下のはずれの野道へ出たとき、若君は、

「のどがかわいた」

ふり向いて勢州に命じた。

「あすこに百姓家が見える。白湯《さゆ》を一杯もらってきてくれないか」

上気して、額にうっすら汗をにじませている。

「ついでに冷たい水で、手拭をしぼってきてほしいな」

鞍《くら》からすべりおりた若君が、馬を木かげに曳《ひ》き入れ、手綱《たづな》を木にしばりつけるのを見て、勢州は半丁ほど先の農家へ走った。

いろ白な頰を、うす赧《あか》く染めて、他意なさそうにほほえんだこのときの、若君の顔……。見納めになったその表情を、瞼《まぶた》に灼《や》きつけて勢州は忘れない。いまなお鮮明に思い出すことができる。

新しい湯呑みに湯をみたし、かたくしぼった手拭を添えて駈けもどったとき、若君と乗馬は、木立のどこにも見当らなかった。

勢州はぞっと、鳥肌立った。

「信三郎さまッ」

死もの狂いでさがし廻りながらも、だめだ、もうだめだと、気持の底では絶望に打ちのめされていた。

計画を、しっかり練った上での出奔《しゅっぽん》だったのだろう。居間には父、松平越中守《まつだいらえっちゅうのかみ》にあてて、書状が一通のこされ、大名の家督をつぐのに自分がいかに不適格な人間か、くわしく述べたあと、

「道を他に求めて、生きる意味をさぐりたいと思います。不孝をおゆるしください」

と、むすんであった。

勢州の急報に、藩からも八方に人が飛んで、街道すじから、山狩りまでするほどの騒動を演じたが、若君の行くえはそれっきり、わからなかった。

「おそらく出家をとげたにちがいない」

見当をつけて、各宗の本山、道場にも照会し、それらしい得度者の通報を依頼したけれども、悧発《りはつ》な若君は探索の定石まで、あらかじめ考えて裏をかいたのか、藩をあげての努力はすべて、水泡に帰した。

そばにつきそっていながら、まんまとたぶらかされ、若君を失踪《しっそう》させた勢州の責任が、当然、追及された。

彼は重職によび出され、

「一生かかっても信三郎ぎみをおさがし申せ。お供してもどらぬうちは、帰参無用」

と言い渡された。ていのよい追放である。

たとえ上役から言われなくても、若君さがしの旅に出るつもりだった勢州は、家をたたんで、ただちに城下を去った。五十四歳。世間なみにいえば、すでに隠居の年齢だった。

二

路用がつきてからの旅は困惑をきわめた。

これだけは放すまいと思った両刀も、いつのまにか米にかわった。

痢病を病んだ妻が、木曾路《きそじ》の木賃宿で亡くなってからは、ひとり口を過ごすために、勢州は浮き草さながらな放浪のあいだにモッコをかついだ。砂利掘りもやった。人足仕事ならどこにもころがっていたからである。

そして、わずかな賃銭をためては、それを路用にまた、あてのない旅をつづけたのだが、二度目に江戸に出てきたときは、江戸川河口の底さらいに雇われ、土手から転落して左肩の骨を砕いた。

すでに五十八歳……。

老いさらばえて、よぼよぼしているのを見て、世話人が、

「力仕事はむりだよ」

と、しぶるのを、たのみ込んで使ってもらったあげくの事故である。

半身がきかなくなり、働けなくなると、あとはもう、乞食にでもなりさがるほかなかった。

「若君！」

どこに、どうしておられるのかと、その名をつぶやくたびに胸は熱くなるが、勢州はもはや、疲れ果てていた。再会への、火のような願望は遠のき、あきらめが彼を浸して、吹きだまりに寄った塵《ちり》さながらな生に、彼を、まがりなりにも安住させた。

乞食に堕ちて、六年……。

六十四歳の秋を迎えようとしている勢州が、ときどき一文めぐんでくれる若い女に、亡くなった娘の小枝を連想しても、その面影すら今ではおぼろになって、はっきりした映像を彼の網膜に結ばない。

（やさしい人だ）

小枝が生きていたら、二十八、九のはずなのに、どうしても彼女の年増姿を想像することはできず、一文くれる娘のあたたかな微笑に、勢州は小枝の記憶を、二重虹《ふたえにじ》のようにだぶらせてしまう……。

(今日あたり、通るのではないかな)

彼が坐るのは、きまって赤羽橋の西たもとである。

下を流れる赤羽川は、渋谷川の下流で、近辺の人々には新堀とよばれていた。水は増上寺の塔頭《たっちゅう》にそって南へ流れ、芝浦の海にそそいでいる。

娘の住居がどこか、何の用があってどこへゆくのか、勢州は知らないし、詮索《せんさく》する気もないが、彼女がいつも三田の方角から来、赤羽橋を渡って川ぞいの道を、上流へ折れ曲ってゆくのはきまっていた。

帰りはその、逆……。

そして目が合えば、ニコッと帰路も、勢州にほほえみを投げて行ってくれる。

(きた!)

やはり今日も娘は三田の通りを、こちらに向かってやってきたが、いつもとちがってつれがいた。
十七、八にはなっていそうな、背のすらりと高い角前髪《すみまえがみ》である。顔だちが似ているところを見ると弟だろうか。

例によって寄ってきて、帯のあいだからちりめんの巾着をとり出そうとする娘の手を、

「よせよ姉さん」

前髪がおさえた。

「乞食に銭なんぞ、なぜやるんだい」

「だって、一文よ」

さっと娘の表情に羞恥《しゅうち》が走った。

「たった一文のことに吉ちゃん、そんな向きつけな言い方をしなくても……」

「ヘッ、一文だって天下の御通宝だア、ただくれてやるこたアないだろう。姉さんのこったもの、きっとここを通るたんびに、ほどこしてやっていたにきまってらア」

図星である。

「いいじゃないの一文くらい……。あたしの食べ分から浮かしているんですもの」

と飯桶へ、娘は銅銭を一枚落とし込みながら、勢州に、

「ごめんなさいね」

小声であやまった。

勢州はおどろいた。銭をもらって詫《わ》びられるなどという体験は、乞食になりさがってこのかた、はじめてだ。自分の食費から浮かしているというひと言も、気になった。

「まったく、姉さんにもあきれるよ。野良犬、すて猫、近所の病人、どれだけ面倒みり

ゃ気がすむんだい」

「でもね吉ちゃん、お父ッつぁんが生きてたら、ちょうどこの、お菰《こも》さんの年かっこうよ」

「ちぇッ、ばかばかしい」

と、歩き出す弟のあとを、小走りに、娘も追って去った。

(なるほどな)

勢州はうなずいた。小枝のおもかげを娘にだぶらせて見ているまに、相手も自分に、亡くなった父への追憶を重ねていたのだと、合点いったのである。

姉弟は、赤羽橋の東の詰めで別れた。

川ぞいの道を姉のほうは、いつもの通り流れにそって左へ折れてゆき、弟はそのまま大通りを、ぶらぶら長井町の方へ遠ざかって行った。

(なにをしている若者か)

見当がつかない。いちおう袴《はかま》をつけているところは、武家の子弟ふうだが、言葉も態度も、どこかくずれている。手に職を持つ者や、あきないをする者とは、とうてい見えない。地廻りのチンピラか、それになりかけの少年といったところだ。

勢州がいぶかったのは、この日から、ぷっつり娘の姿を見かけなくなったことである。

(どうしたのだろう)

五日たち、十日たち、半月ちかい晴天つづきを毎日欠かさず赤羽橋ぎわに坐り通しているのに、娘はそれっきりやってこない。

(もう、ここらを通る用がなくなったのかな)

たまらなく、勢州は淋《さび》しくなった。

あの娘の存在に、どんなに慰められていた自分だったか、思い知った気がしたのだ。

ぼんやり、秋の日ざしの下にうずくまっていると、目の先に影がうごいて、

「おい、じいさん」

人が立ちどまった。

見あげると、娘の弟……。吉ちゃんとよばれていた若者ではないか。勢州は思わず言った。

「このところお見かけしないけど、姉さんはどうなさいました?」

「病気だよ」

「えッ、よほどおわるいので?」

「疲れだろ。賃仕事に、根《こん》をつめすぎているからね」

若者は、あたりを見廻して、

「じつは、それについてじいさんに、おれ、話があってきたんだ。立たねえか?」

誘った。

娘にかかわることというなら、一も二もない。勢州は立って敷物がわりの菰を巻き、飯桶《さかやき》とひとまとめに橋の下に隠すと、頰かぶりの手拭をとって若者のあとに従った。

月代《さかやき》と髭《ひげ》は、乞食相応に伸びているし、髷《まげ》を結わずに半白の髪を、首のうしろで一束にたばねているのも、この社会の者のしきたり通りだが、勢州はさほど、むさくるしいお菰ではない。

肩と尻に、大きくつぎはあたっているけれど、着ている袷《あわせ》は、いわゆるボロよりはるかにましな、さほど垢《あか》づかぬものだから、冷飯草履《ひやめしぞうり》をつっかけ、頰かぶりをはずして歩けば、うらぶれはてた裏長屋の住人ぐらいには見えるのである。

赤羽橋の東のたもとは、増上寺山内の裏手に当っていて、柵門の前が大きく火除《ひよ》け地になっている。担ぎ屋台の食べ物屋や露天商が、いつも七、八人は荷をひろげて往来の客を集めていたし、赤羽川の岸にはよしず張りの掛け茶屋も並んで、ちょっとした盛り場だった。

若者は田楽の屋台に近づいて、大きな茹《ゆ》でたての里芋《さといも》に、練り味噌《みそ》をべっとり塗った芋田楽を二串《ふたくし》、買ってき、

「食えよじいさん」

二串ながら勢州にくれた。

「ごちそうさまです」

「食いながら聞いてくれよ」

と川っぷちにしゃがんで、彼はひそひそ声で切り出した。

「話というのはほかでもない。じいさんに、おれのおやじになってもらいたいんだ」

「このわたしが、あなたの父親に⁉」

「ほんとじゃないよ。芝居だぜ。親子というふれこみでちょいとたぶらかしをやり、大商店から物をただで、頂いてきてしまおうというわけさ」

「かたりですか？」

「シッ、でかい声をするなったら……」

「吉さんとか、おっしゃいましたね」

「吉之助だよ」

「なぜ、そんな話が、病気の姉さんにかかわりあるんです？」

「わからねえやつだなあ、いいか、内職のしすぎで姉貴はぶっ倒れたんだぜ。おれとおめえが組んで、ひと稼ぎすりゃあ医者にだってかけられる。当分やりくりに、姉貴はあくせくしないですむって寸法じゃねえか」

意地わるな口をきいていたが、見かけによらぬ姉思いなのだなと、勢州は吉之助を見直す気になった。

（あの娘のためなら……）

とは、思うものの、悪事に加担するのはやはり、こわい。

「病気になるまで働かせるなんて、姉さんが可哀《かわい》そうだ。あなたは何もしてないんですか？ 五体満足ないい若い衆が……」

つい、非難がましい口ぶりになった。

「働いてるさ、おれだって……。板下《はんした》書きの内職してるんだ。でも、姉貴に悪い道楽がある。おれにもあるから、ふところは年中、火の車なのさ」

「わかりますよ」

勢州はうなずいた。

「貧乏人や餓《う》えてる犬猫に、ほどこしてしまうのが姉さんの道楽、わずかな板下書きの手間賃をじれったがってドカ儲《もう》けを狙い、賭場《とば》でなけなしの元手をすってしまうのが吉之助さん、あなたの道楽でしょう」

「天眼通《てんがんつう》だな、じいさんおまえ……」

目を、若者はみはった。

「ぴたりだよ、ご推量通りなんだ」

「それにしても、医者にもかかれないくらしぶりとはねえ」

「おらあもう、がまんならねえ。一発どかんと当てたいんだ。だいじょうぶ、しくじる気づかいはねえよ。考えに考えた企みなんだもの、きっとうまくゆかア。たいまい二両、おめえにも礼をはずむよ」

「わしは金などいらぬ。あの娘さんのためなら……」

と胸にくり返していた言葉を、勢州はとうとう口に出してしまった。

「そうなんだ、姉貴のためなんだ。片棒、かついでくれ、な？　じいさん」

芋田楽は二串とも、勢州の両手ににぎられたまま冷たくなっていた。

三

日本橋、通二丁目の悠閑堂《ゆうかんどう》は、江戸では五指にはいる骨董《こっとう》商である。

秋晴れが崩れて、時雨《しぐれ》とよぶにはやや強すぎる雨が、家々の屋根を叩《たた》きはじめたある夕方、商家の隠居と、その子息に見える二人づれが、

「ごめん」

悠閑堂の店内へはいってきた。

損料借りの一張羅を一着におよんだ勢州と、吉之助であることはいうまでもない。

「香炉を見せてもらいたいのだが……」

もっぱら口のきき役は、吉之助である。

「どうぞおあがりくださいまし」

小僧が敷物をはこび煙草盆《タバコ》をはこぶあいだに、番頭は棚に立って、青磁、白磁、染め付け、金銅、鉄、真鍮《しんちゅう》など、材質も形もさまざまな香炉をとり出してきた。

仔細《しさい》らしく、その一つ一つを手にとって吉之助は吟味しながら、ときおり勢州を見返って、

「いかがでしょうな父上、これは……」

意見を求める。

「うむ、うむ」

いいともわるいとも判然しがたい耄碌《もうろく》顔で、勢州はうなずくだけだ。なるべく口をきくなと、あらかじめ吉之助に釘をさされているからである。

店の者の目にも、老父はしかたなしにつれてきたお飾り……。買物の宰領、判断は、前髪ながらなかなかしっかり者そうな息子の側にまかされているものと見てとれた。

「ぶしつけながら、ご予算はおよそ、いかほどぐらいで？」

「およそ、百両と考えています。これなる老父の先妻——わたしには継母《まはは》にあたる女の、今年七年忌の供養のために、老父が発願いたして、お寺さまにお贈りする香炉なのです」

「なるほど」

番頭はもう一度立って奥へ消えた。

内蔵から、高級品を持ってきたのである。

「百両、ご出費のおつもりでしたら、お品はぐんとよくなります。これなど、いかがでございましょう。舶載の銀製でございますが……」

うやうやしく桐《きり》箱の掛け緒をほどいてとり出したのは、蓋《ふた》にも胴部にも、精巧な透かし彫りを網状にかぶせた銀無垢《むく》の香炉だった。

「七賢の図と、王母桃園の図が彫りこんであります。細工だけでも価値の高いものでございます」

「いくらですか？」

「百二十両ということになっておりますけれども、幾分かはご相談に乗らせていただきます」

「そちらの箱は？」

「はい。これも舶載品でございまして、李朝《りちょう》の白磁でございます。ごらんなさいませ。この肌合いは、日本ではとうてい出来かねるものでございます」

これは全体が岩にうずくまる亀で、甲羅の部分が蓋になっている。珍しい意匠であった。

「値は？」

「ちょうど百両で……」

「ふーん。どちらもいいなあ。ちょっと甲乙がつけがたい。父上、あなたなら、どちらを選ばれますか？」

「そうさのう」

勢州はあいまいに首をかしげ、相変わらず吉之助が一人でしゃべった。

「わたしらの好き嫌いよりも、かんじんなのは心光院《しんこういん》さまのおこのみですからなあ」

番頭が口をはさんだ。

「失礼ですが、その心光院さまとおっしゃるのが、香炉を寄進なさるお寺さまで？」

「そうです。ごぞんじありませんか？　芝の赤羽川の岸にある増上寺の支院の一つだが……」

「ははあ」

「お竹大日《たけだいにち》にゆかりの寺ですよ」

「あ、さようでございますか。お竹大日如来《にょらい》のお寺で……」

お竹というのは、大伝馬《おおでんま》町のさる旗本屋敷の下女だった。天性、慈悲ぶかく、あてがわれている三度の飯米をきまって托鉢《たくはつ》僧や乞食にほどこし、金網張りの水盤に釜《かま》を洗ったあとの残り水を流して、付着した飯つぶだけを自分の食べ料にしていた。そしてつねに、称名をおこたらず、やがて大往生をとげたけれども、

「大日如来が生き身の女と現じて、慈悲の尊さを教えたのだ」

と、いつとはなしに言いひろまり、お竹大日如来の縁起は江戸中の人口に膾炙《かいしゃ》するに

至った。

「そのお竹如来が、網を張った水盤というのが、心光院の門の天井に懸けてありましてね、寺伝によれば夜な夜な、光明を放ったよしですが、今は奇瑞《きずい》も消えてほこりまみれのまま、それでも相かわらず懸かっていますよ」

「さようでございますか。その心光院さまのご住職と……」

「老父が懇意でしてね。わが家の墓も、心光院にあるのです」

口をうごかしながら銀無垢と白磁の二つの香炉を、ためつすがめつ、吉之助は両手にとってながめ、とうとうさじを投げたように勢州に諮《はか》った。

「値の張るものだし、同じことならご住持のお気に召したほうを差しあげたいが、いっそじきじきに選んでいただきましょうか」

「そうさのう」

「あなたはちょっと、これをお持ちになっていてください」

と、ずっしり入っていそうな財布を懐中からひきずり出して、吉之助は勢州に持たせ、

「お聞きの通りですが、いかがでしょう」

番頭に向き直った。

「父親と金を、お店にお預けしますから、お手代さんにでも二つの香炉を持たせて、わたしと心光院まで、ご同道ねがえませんか。そしてご住持に、お好きなほうを選んでい

ただくのがいちばんと思いますが……」

手代の新吉《しんきち》は三十を越した分別も胆力もある男だし、てきぱきと悧発そうな口はきいても、相手はやにっこい前髪一人……。父親を人質にとり、その親爺《おやじ》ごと財布までを当方でおさえている以上、まちがいはありっこないと番頭は踏んで、

「かしこまりました」

吉之助の申し出を承知した。

「では手代をお供させて、心光院へ伺わせましょう。毎日おそばに置いて愛玩《あいがん》なさるお品は、やはり贈られたお方のおこのみに合うが何よりでございますからな」

香炉の箱を二つ、手代はしっかり風呂敷につつんで、

「では、ご一緒に……」

吉之助をうながした。

「父上、すぐもどりますから……」

と勢州にことわって、吉之助は提灯《ちょうちん》を持ち、手代とつれだって店を出た。

外はすっかり暮れて、雨がまだ降りしきっている。二人の傘を、軒先のしぶきがざっと叩き、うしろ姿は路上のくらがりに吸いこまれて去った。

勢州は膝に、財布を乗せて、両手でそれをおさえていたが、中身が瓦《かわら》なのを知っている。膝が、だからしぜんとこまかく慄《ふる》えてくるのを、とめようがなかった。

あらかじめ打ち合せておいた計画によれば、途中で香炉をうばい取って、吉之助は逃げる手はずになっていた。

場所は赤羽橋の東の橋づめから、右に曲った川岸の片側町……。口実に使った心光院とは、目と鼻の距離まで近づいた淋しい河原道である。

「人質にとられたわしは、店にとり残されてどういう始末になるのですか?」

勢州の懸念へ、吉之助はせせら笑いを浴びせて言った。

「乞食を傭ったのはそのときのためじゃないか。じいさんはぼんやりしていればいいんだ。二つ三つ、こづき廻されるぐらいのことはあるかもしれないけど、命にかかわりはしないよ」

「ぼんやりしてすむことですかなあ」

「品物をとられた店の者が、血相かえて帰れば、まず財布の中身を調べるだろ。こいつが石瓦となれば次はじいさんを問いつめる。そのときはこう答えればいいんだ。『わしは乞食の勢州と申す者。あの若い衆が銭を二両くれて、父親のつもりになって自分の言うことに、ただ、うんうん返事しておれと、何じゃ知らぬが言いつけたゆえ、二両欲しさに引きうけました。まっぴらごめんなされ』と、こう、あやまっちまえば店じゃどうしようもないわけさ」

勢州が毎日、赤羽橋ぎわに坐っているのは、近所の者に訊《き》けば立証できる。品川の頭に所属するお孤であることも、溜《たま》りを調べればわかるわけで、つまり何も知らずに銭に釣られて、片棒かつがされたにすぎないことがはっきりすれば、勢州はすぐ放免されるのだから、心配無用だと吉之助は言うのだ。

この企みを、彼は板下書きした浮世草子《うきよぞうし》から思いついたのだという。盗品の買い手もすでに見つけてある。故買専門の道具屋で遠く長崎の仲間と連絡をとり合いながら、出島のオランダ人相手に、日本の骨董品をこっそりさばいている男なのだそうだ。

「追っ放されたらじいさんは、また、もと通り赤羽橋のきわに坐ってりゃいい。まちがいなくおれは行って、約束の礼金をくれてやるよ」

「わしへの礼などはどうでもよいよ。それよりその金、きっと姉さんの病気に使ってくれますな？　医者にかけてくれますな？　それでなくては悪事の加担など、わしはごめんこうむりますぞ」

「もともと姉貴のために、思い立った企みじゃないか。薬代に使うのはわかりきった話だ」

「途中でうばい取ると事もなげに言うても、そううまく、ゆきますかのう」

「力ずくじゃないよ。これも策だ。策にはめて取るんだよじいさん。まあ、見てろよ」

自信たっぷりに吉之助は受け合ったが、成功するかどうか心もとない。首尾よくいって病気の娘が助かるなら、勢州は質にとられた結果、自分が店の者に袋叩きになったところで厭《いと》いはしない。奉行所につき出され、調べのあいだ牢につながれてもかまわなかった。

でも万一、吉之助がやりそこなって捕えられ、娘までが罪に連坐することにでもなったら一大事である。

（こんなくわだて、とめればよかった）

今になって悔いても、もはや乗りかかった舟だ。なんとか吉之助が、首尾よくやってくれるよう、やりそこなってもせめてつかまらずに、逃げおおせてくれるよう祈るほかない。

（どのへんまで行ったろうか。もう今ごろ、策とやらにとりかかっている時刻だろうか）

緊張のあまり、勢州は胸がしこってきた。

茶菓が出され、番頭が世間話をしかけても、上の空で外の気配に、耳を凍りつかせていた。

## 四

吉之助の考えた〝策〟というのは、凝ったものだった。

予定していた河原道にさしかかると、彼はふところに手を入れて、前もって用意してきた手拭に右の掌《てのひら》を押しつけた。油紙にくるんだ手拭には、芝居で使う糊紅《のりべに》がふくませてある。当然、吉之助の右手はまっ赤に染まったが、そうしておいて、すこし退《さが》って歩きながら、

「おや、どうしたんですか?」

手代に声をかけた。

「うしろ腰に、血がついていますよ」

「血?」

「ほう、いったいこれは、なんの血です?」

右手で手代の腰に触れ、その手を吉之助は突き出してみせた。提灯のうすら明かりの不安定なゆらぎの中で、それは正真正銘の血糊に見えた。

「や、こりゃどうしたわけだろう」

手代は仰天した。女なら月のものの粗忽《そこつ》といえるだろう。切れ痔《じ》、腫物《はれもの》でもあれば、その出血に結びつくが、手代にはどのおぼえもなかった。

「ちょっと帯をほどいて見てごらんなさいお手代さん、しかもえらい拡がりようですよ」

片手に傘、片手に例の風呂敷包みを、手代はかかえている。着物をぬいでたしかめる

となれば、その両方を吉之助にもってもらわねばならない。

狙いはそこだった。うすきみわるい血のりに、相手が一瞬、気をとられて持ち物を渡したとたん、つきとばして、品物をつかんだまま逃げうせるというのが吉之助の考えた策だったのである。

手代はしかし、一枚、彼より役者が上らしく、その手に乗らなかった。はじめから手代の勘は、吉之助の挙措のうさん臭さを感じていた。突然、見せられた血の色は、手代をうろたえさせるよりも、その、あまりなとっぴょうしのなさから、かえって彼の注意力を、より以上とぎすませてしまう結果になった。

雨滴を右手に受けて、糊紅を洗い流している吉之助に、手代は冷静をとりもどして言った。

「この暗がりと雨の中で、着物をぬいでも仕方がない。どことい って別に痛みどころはないのですから、お寺についてから明るい灯の下で調べましょう。心光院はもう、すぐそこでしょう?」

風呂敷包みをかかえて放す気ぶりもない手代の、したたかそうな面《つら》がまえを見たとき、吉之助は手はずの狂いを知った。

（逃げようか）

たちまち怯《ひる》んだ。

心光院へついてしまっては嘘《うそ》がばれる。まんざら知らない寺ではない。じつは両親の墓が裏の墓地にある。姉のお直《なお》が時おり心光院へ出かけるのも、墓の掃除のためだし、いま一つ、寺に寄宿している智昌《ちしょう》という雲水が、みなし児を四、五人ひきとって養育しているのに手助けして、衣服のつくろいや洗濯をしにかようためなのだ。

こんどの企みについては、でも姉はもとより、心光院もいっさい知らない。骨董屋の手代など同道すれば、住職は不審するし、だいいち吉之助自身の身もとが割れる危険があった。

信用させる手段に寺の名は使ったが、到着する直前に品物を奪って逃げようというのが、吉之助の心づもりである。

手代が包みを放さないとなれば、寺の門をくぐる前に姿をくらますほかないけれども、

(ちきしょう、ざんねんだなあ)

ここまでうまく釣り出しながら、みすみす高価な、つぶしにしても値になる香炉を目の前に置きすてて、指をくわえて退散するのが、なんともくやしかった。

(力ずくでとってやろうか)

むらむらと、狂暴な欲心が湧いた。もしものときの用心に、ちんぴら仲間から匕首《あいくち》を借りて懐中していたのも、吉之助をふてぶてしくさせた。

「さ、まいりましょう」

歩き出した手代に引きそって、二、三歩足をふみ出したせつな、彼はものも言わずに相手の脇腹に突きかけた。

もとより手代は、ゆだんしていない。

「なにをなさるッ」

とびのいて刃先をかわしたが、足駄の歯をぬかるみにとられて仰向けざまに転倒した。傘がころがった。手代はでも、風呂敷包みはかかえたままだ。おどりかかって吉之助はその腕を蹴った。包みがとんだ。鞠《まり》にとびつく猫さながら、吉之助が包みに向かってとびかかり、手代ははね立って吉之助の背にむしゃぶりついた。

めちゃめちゃに吉之助は匕首をふり回し、切っ先が手代の二の腕をかすって、こんどこそ本物の血がほとばしった。

「人殺しだッ、強盗だッ、助けてくれ、だれかきてくれッ」

絶叫は吉之助を逆上させた。

はじめから目星をつけていただけに、雨の夜など、このあたりは人通りがまったくなかった。川の向うは有馬《ありま》侯の屋敷の土塀。こちら側も寺院の築地《ついじ》と、土倉のつづく片側町で、すこしぐらいの声では人などでてくる恐れはなかったが、もともと生えぬきの悪党でもごろつきでもない吉之助は、血を見て手代以上に恐怖し、その手からのがれようと泥まみれになってあがいた。

手代も泥んこだった。泥人形のありさまでとっ組み合ったあげく、吉之助が手代をつきとばして立った。香炉の包みはその手にある。

「やらぬぞッ」

足にしがみつくのを蹴りのけて川上へ彼は走った。

「泥棒、泥棒つかまえてくれえ」

さけび声といっしょに手代が追ってくる。

行く手、右手から人が出てきた。

心光院の門だ。吉之助はたたらをふんで立ちどまった。左は川。うしろからは手代。

行くももどるもならない。

(ままよ)

やぶれかぶれに匕首をふりかぶり、前の人かげに突進したが、相手は体《たい》をかわすがはやいかその匕首をたたき落とし、たぐり込んで吉之助を小脇にしめつけた。

「あ、あんた……」

吉之助はもがき、悲鳴に近い声でわめいた。

「智昌さんじゃないか、見のがしてくれッ、おねがいだよう」

姉のお直が深く帰依している心光院の雲水、智昌坊だったのだ。

「いけません、そいつはかたりです、強盗です。わたしを殺そうとまでしたやつですッ」

手代が追いつき、こうなってもまだ、後生大事にかかえていた風呂敷包みを、

「返せッ」

吉之助の腕からもぎとった。手代の二の腕の血を見、その血相を見て、

「吉さんお前、なんというあさましい事をしでかしたのだ。魔にでも魅入られたか」

智昌は憮然《ぶぜん》とつぶやいた。三十にはまだ、二つ三つまがありそうな、しかし物言いの落ちついた凜《りん》とした風貌《ふうぼう》の僧だった。

五

智昌と手代に左右から腕をとられ、泥まみれ、ざんばら髪のていたらくで吉之助が悠閑堂の店さきへ曳《ひ》きずりこまれてきたのを見たとたん、事の失敗をさとって、

「わッ」

勢州は畳に打っ伏した。

彼が驚愕《きょうがく》したのは、詐術のしくじりそのものよりも、智昌を一瞥《いちべつ》したことにあった。

(若君だ、信三郎さまだ、ああ、とうとうめぐりあった！)

だが、自分はかたりの片割れ……。恥ずかしさに、勢州は顔があげられなかった。

「この者は当院の檀家《だんか》で、姉と二人きり貧しくくらしている吉之助と申す板下書きです。姉の直女というのがまことに見あげた女性《にょしょう》でして、お竹大日如来の故事をそのまま、自身の食をつめて貧者にほどこし、拙僧《せっそう》がもの好きに世話している孤児の面倒まですすんでみてくれる助け手なのです。ゆるしがたいところでしょうが、どうか姉にめんじて今夜の吉之助の不始末、お見のがしいただくわけにまいりますまいか」

手代からいちぶしじゅうを聞いて、あいた口がふさがらない顔だった主人や番頭も、香炉は二つながら取り返したことだし、灯の下でよく見れば手代の傷も、血のわりには浅手なので、智昌の詫《わ》びととりなしに、

「ご坊さまの知りびとならば……」

と、公沙汰《おおやけざた》にするのはゆるした。

「道々聞けば、直女が病気とか。ここしばらく顔を見せぬので、拙僧も案じていたやさきでしたが、吉之助は愚かにも、姉を医者にかけたくて、悪事を思い立ったということです。手段は誤っていましたが、心根《こころね》はふびん。ご寛恕《かんじょ》にあずかれば、拙僧としてもこれに越すよろこびはござりませぬ」

じつは姉の病臥《びょうが》は、吉之助の嘘なのである。勢州も、この手口でだまして仲間にひきこんだのだが、お直は急ぎの仕立物をたのまれて、気にしながら心光院をたずねることができず、したがって、赤羽橋を渡る機会もなかったにすぎない。

吉之助はでも、口先は神妙に、

「そうなんです。姉貴に薬を飲ましてやりたくて、つい、大それた悪事をたくらみました。かんべんしてください」

悠閑堂の主人にわびた。

「こいつはどうなさるおつもりです？　この、老いぼれの相棒は……」

手代が勢州を指さした。視線がいっせいに、自分に集まったのを感じて、勢州は亀の子みたいにますます首をちぢめた。

「じいさんは何にも知りません。赤羽橋のきわに坐っている乞食です。二両の銭に釣られて、わけもわからずわたしの言うなりに、片棒かつがされただけなんですよ」

と、吉之助が感心に助け舟を出した。

「なんだいまあ、おまえ、銭でやとわれたお孤さんかい。ばかにしてらあ、さっさと出ておゆきよ」

番頭につまみ出されるまでもなく、

「おゆるしなされてくださりませ」

勢州は顔を隠して土間によろばいおりた。

「まてよじいさん、損料借りの着物着てゆかれちゃ困るよ」

吉之助の声だ。向うむきにうずくまって、勢州は着物をぬぎ、柿《かき》色の下帯一つになる

と、

「どなたも、まっぴらごめん」

雨の夜道へころがり出た。

うろたえきったその姿に、はじめてどっと笑い声が起こり、まのぬけた詐欺事件もケリがついたが、一人、勢州だけはそれどころではなかった。

びしょ濡《ぬ》れの寒さも忘れて、彼は桑名藩の上《かみ》屋敷に走った。門番はすっ裸の老人にきもをつぶして、開門をこばんだ。しかし、

「もとお国許《くにもと》にて若君の傅役《ふやく》を仰せつかっていた唐沢彦右衛門と申す者。一大事を言上《ごんじょう》すべくまかり越しました。ご家老城山内膳《しろやまないぜん》さまに、なにとぞお取りつぎを……」

と訴える勢州の声音の真剣さに、ともあれ江戸家老までそのよしを通じた。

「なに、唐沢彦右がまいったと！」

それだけで家老は、訴えの内容をほぼ、察したらしい。

「通せ、すぐさま門内へ入れよ」

命じて、自身、玄関式台まで走り出た。

「ご家老さま、おひさしゅうぞんじますッ」

「おお彦右、そのなりは……」

下帯一本の裸体に、さすがにおどろいて絶句したが、

「若君のおゆくえが知れましたッ」

報告に、深く、幾度もうなずいて、

「火急の報《し》らせとは、やはりそのことだったか。ありがたい、でかしたぞ彦右」

勢州の手をかたくにぎった。

「芝増上寺の支院、心光院に身をよせておられます。出家なされ、名は智昌とおっしゃるようです」

ともあれ足をすすがせ、奥へあげて、自分の着替えをひとそろえ、家老は勢州に与えた。

老齢に及んでの力仕事で肩の骨を砕き、左半身がきかなくなった末、とうとう乞食にまでおちぶれたこと。若者の企みの片棒かつぎ、恥ずかしいしくじりに巻きこまれたおかげで、信三郎君を発見できたてんまつまで、勢州はつつまず家老にものがたった。

「おぬし、苦労したなあ」

家老はいたわり、すぐさま同役の老職、留守居役ら重職を召集して手はずを議す一方、ちょうど在府中の藩主、松平越中守に事を急報した。

越中守は病み、病軀《びょうく》を鉄砲洲《てっぽうず》の下《しも》屋敷に養っていたのである。

「かならずとらえよ。やむをえぬ場合は縄かけてもかまわぬ。心光院とやらへ予《よ》もまいる」

と、越中守は指令してきた。

夜、勝手のわからぬ場所へ押しかけては、とり逃がす危険が多い。あす明けてから寺の外まわりをひそかに人数で固め、脱け出せないようにして置いてふみこむことに、手はずも決まった。


昨日の雨が、今日はからッとあがって、吸い込まれそうな空の青さだ。お直が待ちかねて心光院へゆくと、

「わーい、お姉ちゃんがきたア」

みなし児たちがいっせいにかじりついてき、みやげの駄菓子に歓声をあげた。

「お直さん、病気はもういいのですか？」

いぶかしげな智昌の視線に、お直もけげんそうな表情で、

「わたくし、病気などしませんよ。仕立物が忙しくてついごぶさたしたのですわ」

ありのままを告げた。

智昌は苦笑した。吉之助の嘘などすぐ、底が割れる。ありようは自分の遊び金ほしさに、思い立ったかたりなのだろうと推量したが、昨夜の出来ごとには触れずに、

「どうしていますか、弟さん」

さりげなく様子をたずねた。

「なんですかゆうべ遅く、ころんだとか言って帰ってきて、泥だらけな身体《からだ》を井戸でざあざあ洗ったきり、今朝はふさぎこんで、まだ寝ていましたわ」

「ははははは、しかたのない坊やだなあ」

「子供たちの汚れ物が溜まっていますでしょ」

「洗濯はわたしがしておきました。ごめんどうでもまた、カギ裂きやほころびをたのみます」

「針も糸も用意してきました。さっそくでは、縫いましょうね」

たのしげな語らいは、だが智昌の、思わずあげたさけび声に、中断された。

いつ、どうやって忍びこんだか、おっとり刀の武士が前後左右からいきなり湧き出して、智昌めがけて駈け寄ってきたのだ。

「お姉ちゃん、こわいよう」

子供たちを両腕に抱き込んで、お直も立ちすくんだ。武士たちは、

「若君ッ」

ほとんどとびかからんばかりに智昌にすがり寄り、その腕を、肩を、死もの狂いでつかんだ。同時に門内へ、鋲《びょう》打ちの乗物がかつぎ込まれてきた。

扉があき、近習にささえられてあらわれたのは、病中の松平越中守である。

「信三郎」

地に、ひざまずいた息子の手を、越中守はふるえる手でにぎりしめて、

「たのむ、もどってくれッ」

涙をたぎらせた。

「家督をついでまもなく、庶腹の弟の信五郎《しんごろう》は死んだ。わしは老いて、病いがちとなり、いまや家は断絶の危急に瀕《ひん》している。やむをえず養子さがしを始めたが、寝てもさめても思い出すのはそちの事だった。今日ふたたび無事な姿を見ることができたのも、神仏の冥助《みようじよ》であろう。この通りだ信三郎、父の余命を救うつもりで帰ってくれッ」

重臣たちも懸命に、

「一介の僧となって数人の孤児を養うのも、一国の太守となって万人の領民をいつくしむのも、共に仏者の慈愛ではありますまいか」

翻意をうながしたし、境内に詰め寄った家来たちもくちぐちに、おもどりくださいい若殿、お家のためにと、涙声をふりしぼった。

勝てない自分を、智昌は感じた。父越中守の病みおとろえた面《おも》ざしにも胸をえぐられた。

「これまでの不孝、おゆるしくださぃ」

彼はついに言った。

「帰ってくれるか信三郎ッ」

「はい」

「おお、帰ってくれるか、かたじけない」

歓喜のどよめきが、家臣たちの口をほとばしった。頬を染めて、智昌は父にたずねた。

「還俗《げんぞく》し、藩政をみることとなれば、妻をめとる必要が生じましょうか」

「むろんだ。しかるべき家からさっそくにも、花嫁を迎える心づもりをいたそう」

「それならば、意中の娘がおります。氏素姓《うじすじょう》とてありませんが、お竹如来の心を心として、つつましく世の片すみを生きる愛情深い、気だてこまやかな娘でございます。わたくしの、わがままの仕納め……。手塩にかけたみなし児ともども、この娘を国もとにともなって、できれば妻にいたしとうございます」

「よいとも。おそらくは骨身をけずる修行をとげ、世間の辛《つら》さにもきたえぬかれたであろうそなたが、妻とまで見込んだ上はまちがいはあるまい。その娘は、どこにいるのだ？」

「そこにおります」

尊敬と、ひそかな恋心を、ひたむきに寄せていた相手を、手もとどかぬ大名の世嗣《よつぎ》と知って、お直は悲しみに打ちひしがれていた。そんな彼女の、涙にぬれた眼を、微笑をふくんだ智昌の眸《ひとみ》が、まっすぐ射た。

——一行を心光院まで案内してきた勢州は、ここまで見とどけ、聞きとどけると、

（よかった、これでよい、これでよい）

ひとりうなずいて、こっそり家臣らの群れからぬけ出した。帰参と嘉賞は、約束されていた。晩年の平穏も目に見えていたが、物乞いにまで堕ちた身を恥じて、彼は姿をくらましたのである。

越中守がさがさせ、もとの松平信三郎にもどった智昌も、今は小姓にとりたてられてすっかり満足し、身持も改まった吉之助に命じて、江戸中をさがさせたが、行方はとうとうわからなかった。

お直と信三郎は、やがて婚礼の式をあげた。そして二人そろって心光院にゆき、世話になった礼を住持にのべがてら、お直の両親の墓によろこびを告げた。

赤羽橋の西の橋詰めには、当然のことながら勢州はいなかった。

帰路、乗物をとめて若夫婦は橋ぎわに立ち、路上を照らすむなしい日ざしの中に、老乞食の幻影を描いた。

「彦右、なぜ去った」

「そうよ、どこへ行ってしまったのお孤さん」

勢州がいつも坐っていた場所に、柳の枯葉が散っていた。川岸に植えられた並木の柳であった。

# じべたの甚六

半村　良

半村　良（はんむら・りょう）
一九三三年東京都生まれ。七三年に『産霊山秘録』で泉鏡花文学賞、七四年に『雨やどり』で直木賞、八八年に『岬一郎の抵抗』で日本SF大賞、九三年に『かかし長屋』で柴田錬三郎賞を受賞。著書に『石の血脈』『妖星伝』『晴れた空』など多数。二〇〇二年逝去。

# 一

もう八つ。文月《ふみづき》の日ざしは容赦ない。

人通りの少なくなったカンカン照りの中を、廓《くるわ》から日本堤《にほんづつみ》へ出てきた男がいる。白っぽい夏物にくすんだ青い紗《しゃ》の角帯、素足に雪駄《せった》ばきで、二つ折の手拭《てぬぐい》を頭に乗せ、その両端を鼻のあたりで軽く結んでいる。暑気かぶりという奴《やつ》で、編笠《あみがさ》茶屋のあたりで右へ折れるかと思ったら、そのまま真っ直ぐ歩いて行く。

どうやらゆうべは廓でいい思いをしてきたらしいが、出てきた刻限がどうも中途半端だ。

その男が通り過ぎた編笠茶屋のあたりから、ちょろちょろっと小ぶとりで背の低い男が出てきて、ちびた下駄を鳴らしながら足を早め、

「七之助《しちのすけ》さん……」

と、うしろから声をかけた。

呼ばれた男は足を止めて振り返る。

「なんでえ、甚六《じんろく》じゃねえか」

「うん。暑いね」

「もう七夕だ。暑いのは当たりめえさ」

七之助と呼ばれた男は、呼び止めた甚六にどことなく優しげな様子だ。

「七夕なんて」

甚六は埃《ほこり》まみれでよれよれの単衣《ひとえ》を着て、髪も汗と埃で固まりきっている。

「俺、文字を知らねえから、七夕なんて縁がねえや」

「行くぜ」

七之助は廓を背にして歩きはじめる。甚六はそのあとについて行くが、並んで歩く気はないらしく、七之助のまうしろ二歩ほど間をあけて歩いている。

「大川端《おおかわばた》なら少しはいい風があろうかと思ってな」

七之助は甚六がついて来るのを承知して歩きはじめたようだ。

「腹はどうなんだい」

「空いてる」

七之助は振り返りもせずに訊《き》いた。

「何か奢《おご》ろうか……」

「ありがてえが、七さんの行くような店へ、俺みてえな汚ねえ奴が一緒に行くわけには行かねえだろ。それに七さんはゆんべっから、うめえもんの食いづめだろう……」

するとと七之助が声をあげて笑った。

「そうか、きのう宵の口から張ってたんだな。話には聞いてたが、廓の帰りに甚六につかまったのははじめてだ」

「うん。七さんははじめてだよ」

七之助は懐《ふところ》に手を入れて、足を止めた。

「ほれ、ゆんべの使い残しだ。取っときな」

小判一枚に一分銀がふたつ。甚六は出しかけた右手を胸元に引いて、

「小判はいけねえよ。二分だけでいい」

「いいから取っとけって。居続けのつもりでいたのが、気が変わって妙な刻限に出てきちまった。どうせはなから散《さん》じるつもりのかねなんだ。遠慮なしに取りなって」

甚六はおずおずと手を伸ばし、七之助から一両二分を受け取ると、左手を添えて額のあたりにおし頂き、すぐ懐へねじこんだ。

「今度用があるときはいつでも呼んどくれよな。てえして役にはたたねえが、出来ることはなんでもさせてもらうぜ」

「ああ、そんときは声をかける」

七之助は結び目を片手でほどいて、さっと手拭を引きはたく。鼻筋の通ったいい男前だった。

甚六は無言で頭をさげ、歩きはじめた七之助を見送った。

気が弱くて幾分愚鈍の気味があるから、何をやらせてもドジばかりで、ついた名前がじべたの甚六という。だが憎めないところがあって、盗っ人《ぬすと》仲間では妙に人気がある。もう二十七《にじゆうしつ》、八《ぱち》、三十近い年なのだが、碌《ろく》な働きも見せずに年だけ無駄に重ねている。それでいて仲間の顔を覚えることは早く、甚六に声を掛けられないようでは、一人前でないとさえ言われていた。

その甚六の主な稼ぎ場は、廓まえでの張りこみだ。今のように遊び帰りの仲間を呼びとめて、使い残りのいくばくかをせびるという、あまり盗っ人らしからぬ稼ぎかただ。

その甚六が、編笠茶屋のほうへ引き返して行く。ちびた下駄を引きずるような、生気のない歩き方だった。

二

七之助は山谷橋《さんやばし》までまっすぐ行って、新鳥越町《しんとりごえちよう》一丁目の船宿へ入った。船宿にはあらかじめ話が通っていたとみえ、七之助はすぐ女将《おかみ》らしい女に見送られて猪牙舟《ちよきぶね》に乗りこみ、今戸橋《いまどばし》をくぐって大川へ出て行く。

今戸橋の袂《たもと》で一息入れていた駕籠《かご》かきがそれを見ていた。

「どうでえ、あれは遊び帰りだぜ。豪気《ごうき》なもんじゃねえか」

先棒が羨《うらや》ましそうな顔で言う。

「今頃まで廓《なか》で何をしてやがったんだろうな」

あと棒のほうは少し疎《うと》いらしく、不思議そうに首を傾《かし》げる。

「もてて今頃まで帰りそびれたって奴よ」

「景気がいいんだな。でもそれだったらなぜ土手八丁をここまで歩いてきたんだろう。この暑さだ。はなっから猪牙でくりゃあよさそうなもんじゃねえか」

「だから判らず屋だっていわれるんだよ。もう八つを過ぎてる。この刻限に廓から舟で大川へ出て行くのは、あんまり粋《いき》なことじゃねえんだとさ」

「どうしてだい」

「そりゃおめえ、ゆんべの散財を人にみせびらかすようなもんだし、ダラダラ遊びの証拠みてえなもんじゃねえか」

「そういやあそうだが、見ろよ、あいつもろ肌脱ぎやがったぜ」

「涼しいだろうなあ、ああやって川の上を風に吹かれて行ったら。いいご身分だぜ、まったく」

「それにひきけえ俺たちは……」

「よせよせ。言ってはじまることか」

駕籠かきはやっかみまじりのぼやきを言いながら、七之助が乗った猪牙舟を見送った。

その駕籠かきたちのねぐらは、このへんのことだから、言わずと知れた孔雀《くじゃく》長屋だ。

今はもう編笠茶屋とは名ばかりで、引手《ひきて》茶屋が並んだ横を入れば、裏手はお針子と駕籠かきが仲よく住み分ける孔雀長屋。ともに吉原《よしわら》の繁盛で成り立つ商売だ。

甚六はその孔雀長屋の片隅に住んでいる。長屋の裏手はすぐ吉原の東の堀で、昔は間に畑があったそうだが、今は孔雀長屋からはみだした形で掘立小屋が並び、なにやら怪しげな連中が住み着いていた。

誰でもばかにしていい人間というのがあって、甚六はここでも軽い人間だ。だから一両二分も小づかいを持っていても、誰も気がつかない。そんなに持っている男とは思わないのだ。

「朝っからどこをのたくって歩いてるんだね。使いを頼もうと思ったのに、いやしないんだから」

お寅《とら》というシャキシャキした女が、長屋へ戻った甚六をみて、いきなりそうどやした。お針の連中を束ねる世話役だ。手がきいて口が立ってその上地獄耳だが、根は優しいところがあるから、お針子たちに限らず、駕籠かきたちにも頼られている。

「すまねえ。使い、行くよ」

「もう子供に頼んじまったよ。仕立物の届けだったから、少しは駄賃があるだろうにと思ったんだけどね」

「そりゃあ惜しいことをした」

「ついでに水を汲《く》んできてやんなよ、おみよちゃんが寝こんでるんだ。面倒見てやり」

「そりゃいけねえ、暑気当たりかい……」

甚六はお寅に言われて向かいの戸口へ行く。

「おみよさん。寝こんだって……」

「たいしたことはないんだよ。ちょいと立ちくらみがしてね」

「お寅ねえさんに言われたから、水を汲ましてくれよ」

「ああ、ちょうどよかった。頼むね」

甚六の日常はそんなものだ。

「ゆうべ坂本《さかもと》のなんとかという寺に押し込みがあったそうだね」

「ああ、要伝寺だろ。評判の悪い金持ち寺だってじゃないか。いい気味なんだってさ。みんなそう言ってる」

甚六はそう言って桶《おけ》を取り上げ、水を汲みに行った。

三

七之助を乗せた猪牙舟は箱崎《はこざき》へ着いた。山谷船《さんやぶね》の船宿が並んだ中の、小石屋《こいしや》という小さな宿だ。ただし入口に掲げた看板の文字は、小石屋ではなくて、こいしや。どことなく遊び心をそそる看板だ。

乗せて来た客は七之助ひとりだが、船頭はほかに平べったい木箱を持って舟をおりた。

その小石屋の待ち座敷。

「お待たせいたしました」

そう言って手をつき、頭をさげたのは七之助のほうだった。座敷にいるのは大店《おおだな》のあるじと言った風格の、夏羽織姿の五十男と、ごつい体付きの番頭風の男の二人。

「お改め願います」

七之助はさっき船頭が運びあげた平たい木箱を二人の前へ滑らせた。

「ご苦労だった。それでゆうべの首尾は……」

すると膝《ひざ》を進めて木箱の蓋《ふた》を取ろうとしていた番頭風のごつい男が軽く笑った。

「お頭《かしら》としたことが。相手は七之助でござんすよ。首尾の悪かろうはずがありませんや」

「ふふ……そうだったな。あの寺の梵妻《だいこく》は、聞きしに勝るいい女だった。七之助に色仕掛でやらせてやりたかったよ」

頭と呼ばれた旦那《だんな》風の男は、含み笑いをすると、七之助を見てからかうようにそう言った。

番頭風の男は木箱の中から取り出した金を数えている。

「しめて七百六十と八両三分。銭《ぜに》と小判は一枚もありませんぜ。みんな銀ばかりだ」

「どこまでも抜け目のねえ坊主だな。切賃《きりちん》を嫌ってのことに違《ちげ》えねえ。吝《しわ》くなけりゃあ銭は貯《た》まるわけはねえけれどな。銀でねえと受け取らねえことにしていやがったんだろう」

両替では大を小に替えるときに切賃を取られる。金銀を銭に替えるときの手数料は打《うち》銭《せん》というが、銀は流通範囲が広く、盆暮れ二回の清算で生活するような場合には、さして不自由なことはない。

銀貨を小判に替える場合にも打賃《うちちん》を取られるが、一般庶民にそんな必要はまずありえない。

「この二十五両の包み、念のため切りますぜ」

「ああ、そうしな」

「生意気にこんなことしやがって」

の上に散った。壱分銀弐拾五両《いちぶぎんにじゆうごりよう》、坂本要伝寺と書いた四角い包みを捩切《ねじき》ると、紛れもない一分銀が畳

丁銀《ちようぎん》の私封である。通常は本両替屋など、多額の銀取引をする者でなければ、私封はしないし、またその用もなく、公封は銀座の大黒常是《だいこくじようぜ》だけがする。

「貧乏人を泣かせて貯めたばかりか、てめえも爪《つめ》に火を点《とも》すようにして貯めやがったんだろが、世間が寝静まったころ、こんな丁寧に銀を包んでる坊主がいたかと思うと、ぞっとするなあ」

七之助が呟《つぶや》くようにそう言うと、

「それを一つ七之助にやりな。七よ、包んだ紙はすぐ破って燃やしちまえよ」

と、頭が念を押した。

頭は賽銭《さいせん》吉右衛門。盗賊仲間では知られた二人だ。七之助に包みを一つ渡したのは、その右腕といわれる夜がらす五兵衛だった。

「ほかに掛字《かけじ》が三本ありますが、どうしましょう」

夜がらす五兵衛が巻いた掛軸を取り出して言う。

「雪舟《せつしゆう》の絵が自慢で、よく人に見せていたそうだが、どうも偽物臭《くせ》え。よしんば本物で高値で売れるとしても、足がついちゃあなんにもならねえ。当分俺が預かろう」

賽銭吉右衛門はそんなもの、最初から歯牙《しが》にもかけていないようだ。

「五兵衛は小梅に女がいるんだったな」

「へえ」

「どこか涼しい湯治場へでも行ってこい。今度は寺社が相手だし、気のきいた役人なら、手口で俺っちの仕事と当たりをつけるかも知れねえ。おめえはフケてたほうがいいだろうよ」

「じゃあすぐそういうことに」

坂本の要伝寺を襲ったあと、一味はわざと上野の山へ逃げこんだように見せかけて、獲物はすべて小石屋の猪牙舟に隠して七之助が一晩吉原で過ごしたあと、山谷堀からその猪牙で箱崎へ運びだし、こうして無事に落ち合っているのだった。

「俺はまた、葛西《かさい》で投網《とあみ》でも打ってこよう」

賽銭吉右衛門はそう言って楽しそうに笑った。

四

あくる日は薄曇りで風もあり、きのうよりはだいぶ涼しかった。

甚六は駕籠かきたちが集まる飯屋で朝飯をすませたあと、お針頭《はりがしら》のお寅に言われて、小さな風呂敷《ふろしきづつ》包みを抱え、下谷《したや》の皆川町《みながわちょう》まで使いに出た。

皆川町は乞胸《ごうむね》たちが住む場所だ。

乞胸は乞食《こじき》ではない。乞胸十二芸と称する門づけ芸をする物貰《ものもら》いだが、なかなかしたたかな連中だった。乞食すれすれの境遇ながら、巷《ちまた》の出来事、裏の消息に通じていて、お上《かみ》の御用の手伝いをすることが多い。

綾取《あやと》り、猿若《さるわか》、江戸万歳から操り、浄瑠璃《じょうるり》、説教、物真似《ものまね》など一人一芸で、お寅は仕方能の衣装の仕立直しを引き受けたらしかった。

俗に鉢植横町。朝顔から酸漿《ほおずき》、おもと、ひばに藤《ふじ》まで、年ごとの市で売る安物を買い重ね、それを戸口、板壁沿いに飾るうち、どの家も生え伸びた草木に隠れて、まるで藪《やぶ》のかたまりのようになってしまっている。

ただこのあたりは、井戸の水の出がいいので、よそからは羨まれている。

その皆川町に近づいた甚六は、仙竜寺という寺の門前で、いきなり侍に怒鳴られた。

「待て、こら、うぬだ」

甚六は咄嗟《とつさ》には自分が呼びとめられたとは気づかず、キョトンとしていた。

「お調べだ。こっちへ来い」

そばにいた町人が、侍にかわってそう言った。

「あ、あっしのこって……」

よく見れば地元の伝吉《でんきち》という御用聞きだった。

「あ、親分さん」

甚六がそう言うと、侍が不機嫌な顔で、

「見知りの者か」

と、伝吉に言う。

「へえ。この者は浅草田町《たまち》二丁目の孔雀長屋におります甚六と申しまして、ちっとばかしこれが」

伝吉は自分のこめかみのあたりを指さしてみせた。

「いずれへ参るか聞け」

甚六に聞こえているのにそう伝吉に言う。

「火盗の旦那だ。お答えしろ」

「この寺の裏の皆川町に住んでいる仕方能の万吉《まんきち》っていう人んところへ、これを届けに」

甚六が風呂敷包みを差し出して言うと、

「中身はなんだ……」

と、伝吉が訊く。

「ええと、あの、お寅さんから預かったから」

「仕立物だな」

「うん、よく知らねえけど。届ければ駄賃をくれるだろうって」

「ばか。行け」

もののしく長いのをおっ立てた侍が、蠅《はえ》を追うような仕種《しぐさ》で甚六に手を振った。

「お許しが出た。さ、早く行きな」

伝吉にそう言われ、甚六は本気で駆け出して鉢植横町へ入った。

「あ、いた。万吉さん」

「どうした、孔雀長屋の気楽人《きらくにん》が息せき切って……。ははあ、さては火盗に脅されやがったな」

万吉はそう言い、近所の者と声を揃《そろ》えて笑った。

「これ、お寅さんが届けろって」

「おう、ご苦労だったな。ほれ駄賃だ、遠慮なしに取っときな」

波銭《なみせん》二枚だけ。だが甚六は大事そうに懐へしまった。

「ありがとう」

「いまどきガキでもそれっぽっちじゃ礼は言ってくれねえよな」

万吉はそばの男にそう言い、またみんなして笑った。

「どうして火盗の旦那がこんなところにいるんだろう」

「なんだおめえ知らねえのか。要伝寺の押し込み騒ぎを」

「要伝寺って、あの金持ち寺かい……」

「そうだよ。おとついの晩あそこへ押し込みが入ってな。金目のものを根こそぎ持って行きやがったんだ。こちとら貧乏人にはちっとばかし胸のすく騒ぎだが、要然《ようねん》和尚は長いあいだかみさんと背中合わせに縛られの、文無しにされので、世を儚《はかな》んで死ぬ気になったらしくてな。今朝がたあの奇麗なかみさんを絞め殺して自分も首を吊《つ》っちまったんだ」

「死んだ……」

「ならよかったんだが、和尚は死にそこなって、しょっぴかれたとこさ。ことが寺だから町方《まちかた》の手にはおえねえ。で、火盗の出番と、そういうわけだ。おめえなんか相手じゃどう怪しんだって仕方あるめえが、ここらの者はみんなビクビクしてる。早く帰《け》えったほうがいいぜ」

「さよなら」

甚六は言われた通り真正直に鉢植横町を出て行ったが、その足取りは孔雀長屋のほうには向いていなかった。

# 五

　甚六はひょこひょことした歩き方で新寺町《しんてらまち》を抜けて行く。その姿は見るからに頼りなく、子供がいたずらを仕掛けるにはもってこいの相手に思えた。

が、行く先々でいろんな人物に気安く口をきいている。願人坊主《がんにんぼうず》、担ぎの物売りなど。誰かを捜しているらしい。

　その様子はまるで場当たりの風吹《かざふき》がらすだが、それでいてわりとまっすぐ大川沿いに両国《りょうごく》のほうへ近づいていた。

　甚六は浅草御門と柳橋《やなぎばし》の間の同朋町《どうぼうちょう》あたりの河岸へ入りこみ、一軒の船宿でめざす相手をつかまえた。

「あの、向島の七之助って人が来ていなさるそうだけど」

　宿の横手の狭い路地から、裏手桟橋側へ行ってひまそうな若い船頭にそう訊くと、

「お前、誰……」

　と、きつい目で睨《にら》まれた。

「孔雀長屋の甚六」

　孔雀長屋は江戸中に知られている。

「使いか……」

「うん」

「七之助さあん」

それが本当の胴間声《どうまごえ》で、船頭はでかい声を張り上げて二階の窓へ呼びかけた。

無言で顔をのぞかせた七之助は、下に甚六の姿を認めてぎょっとしたような顔になる。

「あ、いたいた」

甚六は無邪気に喜んでいる。

「廓《なか》からのお使いだってよ。まったく身が持たねえほどもてやがるんだから」

船頭は甚六のかわりに窓へ向かってそう言い、宿の中へ姿を消す。

入れ違いに七之助が二階からおりてきて、猪牙の揺れる桟橋のそばへ立った。

「きのうはたんと小づかいをくれてありがとう」

甚六はペコリと頭をさげる。

「誰の使《つけ》えだ。よくここが判ったもんだな」

「俺の取り柄は人捜しだけだってさ」

「おめえだからいいようなもんの、こっちはそうやすやすと捜し出されちゃ困るんだよ。どんな用事だ」

「俺の用事」

「おめえの……」

「七さんを火盗改めが捜してるぜ」

七之助はぎょっとして甚六をみつめる。

「俺は喋《しゃべ》らねえ。賽銭の頭《かしら》のことなんか」

「なんのこった。話がよく判らねえが」

七之助はしらを切ったが、顔色が変わっていた。

「要伝寺の和尚が、梵妻《だいこく》の首をしめて、自分も梁《はり》にぶらさがったのは知らねえだろ……」

頼りなくぼけていた甚六の顔が不意に引き締まった。

「どうしてそんな……」

「有り金残らずさらわれて、世を儚んだんだとさ。そりゃ銭の亡者みてえな坊主で、誰からも嫌われていたようだが、魚釣《うおつ》りでせえたんと釣れるに越したことはねえはずだ。世の中には、ほかの楽しみはさしおいても、銭をためこむことだけを生きがいにしてる性質《たち》の者だっているんだ」

甚六はいつの間にか説教めいた口調になっていた。年から言えばもともと甚六のほうが上で、脳足りんのふりをしていたから誰も気づかなかったが、そう本性を現すと、どこやら貫禄のようなものさえ感じられる。

「甚六、おめえさん……」

馬鹿じゃなかったのか、と言いたげに七之助は相手をみつめた。

六

二人が屋根舟に乗っている。薄曇りで川の風はだいぶ涼しい。棹《さお》を使っているのはさっきの若い船頭だ。七之助がうすのろめいた甚六を、ばかに丁寧に扱うので不思議がっているようだったが、屋根舟のことだから、静かに話せば二人の声は船頭には聞こえない。

「盗みばたらきもこの世にあって仕方のねえもんだろうさ」

七之助の脇《わき》には煙草盆《たばこぼん》。甚六は煙草をやらない。

「坂本で山を踏んで、あくる日八つまで吉原で冷やしにかけていたなんぞは、やり口として見事なもんだ。俺はおめえたちのやり口をとやかく言うつもりはねえんだ。皆様ご存じの間抜けの甚六だもの、知りません、気がつきませんで世間は通るさ。でも今度のことは放っとけねえはずだぜ。ほっといたら賽銭の頭の名がすたるってもんだ。そうじゃねえか……」

「あとがそんなことになっていようとは知らねえもの」

賽銭吉右衛門一味に襲われた坂本の要伝寺住職要然は、そのあと妻女を絞殺して自殺をはかったが、息を吹き返して火盗改め方に捕縛、拘引《こういん》され、寺社奉行に引き渡されて裁きを待つ身になったという。

それもこれも賽銭一味の押し込みにやられたせいだ。若いころから精根こめて貯《たくわ》えぬいたものを一挙に失って、生きる望みをなくしたのだろう。

そこのところがむずかしい。

世間で要然をよく言う者は一人もいない。銭の亡者、守銭奴という評判が広まりきってしまったからだ。

だから賽銭一味も遠慮なしに押し込みを働いたのだろうが、要然の心中未遂はただコツコツと貯め抜いただけの、ごくありきたりの人間だったことをはっきりさせてしまった。

「少しは残してやるもんだよなあ」

甚六はそう言って溜息《ためいき》をついた。

「七さんにこうして会いにきたのは、住職をなんとかしてやれねえかと思ったからだ」

屋根舟の中でボケの仮面を脱ぎ去った甚六は、同じ盗賊同士として、非道はせずの掟《おきて》を守り抜きたい心意気のようだった。

「まず頭に伝えなきゃ」

甚六のその心意気が伝わって、七之助も真剣な顔でそう言った。

「火盗改めが皆川町まで出張っていたということは、本気で七さんたちを狩りたてようとしているんだと思う」

甚六の言うことには根拠がある。下谷皆川町は普通の町とはちょっと違う。もともとは黒鍬組《くろくわぐみ》の大縄地で、いまも黒鍬町と呼ぶ古老《ごうむね》がいたりする。

そこへ許しを得て住みついているのが乞胸《ごうむね》たちだ。乞胸は物貰いで乞食とは違うが、無宿者が物を貰い歩けば、いわゆる人別《にんべつ》がなくなってしまう。その点ではお上の扱いが乞食と同格で、一芸を頼りに町々を遊行するから、しばしば加役や町方役人の耳目に使われていた。

「住職だとどこへ連れて行かれたのかなあ」

七之助がふとそんなことを呟《つぶや》いた。

「やる気になってくれたのか……」

甚六はうれしそうな顔になる。甚六は結果として非道になった今度の押し込みを、賽銭一味が自分達の手で納めるように勧めていたのだ。

心中未遂は大罪である。まして住職要然は結果として妻殺しの罪を問われているのだ。寺社奉行所の動きは遅いが、今度のように住職が自分の寺内で妻殺しなどという事件を起こせば、町方とは比較にならない重い裁きとなるに違いなかった。

現に火盗改め方だって、いち早く心中未遂の要然を逮捕はしたものの、扱いは寺社にまかせて触りたがらない。奉行が五万石から十万石の大名から選ばれるということもあって、こんな事件は不気味なほど重々しい感じなのだ。

「住職だとお寺社の揚屋《あがりや》だろうな」

甚六は要然が捕えられている場所の見当を言った。

「うちの頭がどう言いなさるか……」

七之助は考えこむ。要するに盗賊なりの正義を説かれ、破牢《はろう》をしろと言われているのだ。ためらって当然だ。

「誰も寺社奉行所の揚屋から咎人《とがにん》を連れ出そうとは思うめえ。存外たやすいかも知れねえぜ」

どうやら甚六も一肌脱ぐ気らしかった。

七

七之助を乗せた屋根舟は、甚六をおろすとそのまましもへ下《くだ》って行った。

甚六は七之助が頭の賽銭吉右衛門に会いにいったのだと見当をつけたが、賽銭の頭がいまどこにいようとかかわりのないことなので、その足で孔雀長屋へ戻った。

孔雀長屋は大騒ぎだった。

「何があったんだい」

「廓に隠れていた泥棒が見つかったんだよ」

「廓に泥棒が……」

「そうさ。それでそいつを捕まえようとこの有様さ。きょうはもう商売にはならねえな」

駕籠かきたちは高みの見物で面白がっているようだ。

「どんな泥棒……」

「盗みを働いた泥棒さ。へんなこと訊くな」

「名前は……」

「泥棒の名前までいちいち判るかよ」

「あ、お寅さん。泥棒だって……」

「どこへ行ってたんだよ、この風吹《かざふき》がらすめ」

風の次第でどこへでも飛んでっちまう気まま野郎のことだ。皆川町へ使いに出たきりだから、そう言われても仕方がない。

「届けものはすませたよ。駄賃もちゃんともらった」

「いくら……」

「二文」

「あいつめ、たった波銭二枚かい」

「ちゃんと礼を言っといた」

「言うこたないんだよ、それっぽっちで」

「泥棒捕まえるのかい」

「そうだよ。こっちへ来といで。そこらでまごまごしてると、とばっちりをくうからね」

「泥棒、なんて奴……」

「名前なんか知るかい。廓にいるのを追んだして、外でとっ捕まえようてんだ。だからこっち側にも捕方《とりかた》が集まってるだろ。そこらをのそのそ歩くんじゃないよ。おまえも捕まっちまうからね」

「俺、悪いことしてねえもん」

「そうだね。おまえに泥棒ができるほど甲斐性《かいしょう》があったらいいのにね」

「やってみようか」

「ばかだねえ、本気にするんじゃないよ、いまのは冗談なんだから」

「あ、大門《おおもん》のほうで騒いでるよ」

「きっと追い出されたんだろう。箕輪《みのわ》のほうへ行っちゃえばいいのに。やだ、こっちへ逃げてくるようだよ」

日本堤は御用御用で大騒ぎだ。

「あ、侍だ。侍の泥棒かい」

「そうみたいだね。刀を振り回してる」

「どうせ捕まるのに。あいつ素人だな」

「聞いたかい、みんな。甚六があいつは素人だってさ、あはは……」

「こんなときでかい声で笑うと、あとでしょっぴかれるぞ」

「でもおかしいもの」

「あ、梯子《はしご》を持ち出した」

「はじめて見るよ。あれが梯子捕《ど》りって言うんだね」

「刀を持ってる奴はああやって捕まえるのさ」

「甚六、ばかに詳しいんだな」

「ああ、助《すけ》さん、こんにちは」

「あいさつなんかしてる場合か。一生に一度見れるか見れねえかという梯子捕りの最中だぞ」

「どんな悪いことをしたんだか知らねえが、ああ大勢寄ってたかってやられるんじゃ、なんだか可哀相《かわいそう》だな」

「あ、梯子三本にはさまれた。こりゃもういけねえや」

「縄が飛んでるよ。ほら、ぐるぐる巻きだ」

「これだけの捕方を集めたんだから、お上も大層なものいりだな」

「なに言ってやがる。あれで将軍さまのご威光の示しがつけばもとは取れるだろうぜ」

駕籠かき、お針子なんかが気楽に見物しているうちに、大童《おおわらわ》になった黒紋付の侍は、捕方たちに囲まれて引かれて行った。

堤に集まった見物人も、役人が出て邪険に追い払われている。

「面白かったね。この長屋も捨てたもんじゃないよ。まるで芝居の桟敷にいるようだったもの」

「おやお熊《くま》ちゃん、あんたいつ芝居へ行ったのさ」

いつのまにか甚六の姿が消えている。どこかで人の話に耳を立てているのだろう。

八

それから四、五日は捕物の噂《うわさ》で持ちきりだったものの、甚六の動きには変わったこともなく、七之助も姿を見せないでいた。

「六郷《ろくごう》様のご家来だったんだってねえ」

噂は日を追うごとに真相に近くなっているが、その分尾ひれもついて大袈裟《おおげさ》になるようだ。

不届きのことがあって禄を離れた侍が、故郷を離れて江戸へ来て、遊びを覚えたばっかりに、金に詰まって悪事に手を出したという奴らしかった。

「六郷様じゃ場所が悪いぜ。禄を離れて江戸へ来たって、あのお屋敷のあたりをうろついてたんじゃ、いずれ廓《くるわ》に足をむけるのはきまったようなもんだ」

孔雀長屋の駕籠かきたちのあいだでは、捕まった浪人者と出羽本荘藩《でわほんじょう》の繋《つな》がりが、ことに面白おかしく語られていた。

本荘藩主六郷筑前守《ちくぜんのかみ》の屋敷は浅草田町に程近く、浅草寺《せんそうじ》の真裏に当たる。

二万石の小大名だが、吉原寄りに孔雀長屋がある田町は、もと泥町《どろまち》とも呼ばれ、古来一面の泥田だったそうで、その一部が開けて田町となったいきさつから、同じ泥田の中の六郷屋敷は、近隣の者になんとなく仲間意識を持って見られていたのだ。

ちなみに、のち六郷屋敷のあたりも開けて、象潟《きさかた》町の町名を残したが、それは本荘藩の領内に象潟の名勝があったことに由来している。

いずれにしてもその侍、派手に博打《ばくち》でばら撒《ま》いては、無理無体に金持ちの家へ抜き身で入って金をせしめるという、甚六たちが一番嫌う、いわゆる無理ばたらきで、毎度のように血を見なければすまないやりくちだったという。

「ざまあねえや。そんなへたくそな盗っ人は、早《はえ》えとこ獄門になりゃあいいんだ」

噂によればその浪人者をつけまわして吉原で居続けしているのを突き止めたのは、石《こく》町《ちょう》の六蔵という目明しで、通報を受けていち早く廓を包囲させたのは南町奉行所だったそうだ。

奉行所では当初から廓内《くるわうち》の捕物を差し控え、外へ追い出してからお縄にする方針だったらしいが、途中で火盗改めが介入し、腕きき数名が斬《き》り込もうとしたのを、奉行所与力が怒声を放ってやめさせたのだという。

廓外《くるわそと》で双方刀の柄に手をかけるというきわどい場面があったらしく、それが庶民の喝《かっ》采《さい》の種にもなっているのだ。

もちろん人々の喝采は南の与力に向けられている。捕方に一人の怪我人《けがにん》も出さず、渋谷礼三郎という浪人者も生き捕らえで、日ごろから評判の悪い火盗改めには、いいところがひとつもない結末になっている。

渋谷礼三郎は、ただ金に窮して白刃を脅しに振り回しただけのことだったらしいが、噂はそれが剣の達人ということになり、妖《あや》しい太刀さばきと言いたいところから、またの名を村正《むらまさ》礼三郎などと呼ばれはじめた。

「お寅さん、仕事はすんだかい……」

そんな噂の乱れ飛ぶ中で、夕方甚六がふらりとお寅のすまいを覗きこんだ。

「お針の夜仕事は目の寿命を縮めるってね。きょうはもう仕事はなしさ。なにか用かい」

「うん」

甚六はのっそりとお寅の九尺二間へ入って行った。

「いい酒なんだ。お寅さんに飲んでもらえたらと思ってね」

「やだよ、甚さん。どういう風の吹き回しさ」

甚六は細縄のついた通い徳利をぶらさげていた。

「いつも世話になってばかりいるから、一度お寅さんにいい酒でもあげたいと思ってたんだけど、なかなか銭が余らなくて」

お寅は吹き出した。

「なんて言いぐさだね。なかなか銭が余らなくてとは。あたしゃおまえに生まれてこのかた、一度だって銭の余ったことなんかあるものかね」

「そう言やそうだ。でも今度は少し余ったみてえだ。あすからの分が二分ほどあって、きょうはもう要らねえもの」

「こりゃたまげたね。そうかい、二分も持ってるの」

「うん。ほらね」

甚六は懐から手を出して開いて見せた。一分銀が二枚手のひらに乗っている。

「しっ。こんなところでそんなもんやたらと人にみせるもんじゃないよ。しまっときな」

「うん」

「買ってきちゃったんじゃしょうがないよねえ。いくらだったい……」

「上一升四百四十文《しひやくしじゆうもん》。世話になった女の人にあげるんだって言ったら、六文まけてくれたよ」

「どこの酒屋……」

「馬道《うまみち》の近江屋《おうみや》」

「あらあんないいとこで買ったのかい。一人で頂いちゃもったいないみたいだねえ」

「だったらおいのさんやおたつさんも呼んで酒盛りしようか。まだ二分あるから、一分だけ肴《さかな》を買ってもいい」

「だっておまえは飲まない口じゃないかね」

「みんな世話になってる人だから」

「ばかにきょうは気が大きいんだねえ。うふふ……判るよ、その気持ち。貧乏人の常って奴さ。少し懐がほっとしてると、やたらに人に何かしたくなるんだよね。いいわさ、できるときにしときな。酒は買っちまったんだし」

お寅は徳利の栓を取って匂《にお》いを嗅《か》ぎ、

「あら、ほんとにいい酒みたい。嫌だ、喉《のど》が鳴りそう。それじゃちょいと千束《せんぞく》のほうへ走って、あそこの豆腐屋でがんもどきを買って来ておくれな。あたしが煮るからみんなで飲もう」

「うん」

甚六は嬉《うれ》しそうに走り去る。

「ふふ……いいとこあるんだから、あいつ」

お寅は楽しそうに呟いた。

その少し前、甚六は七之助とひそかに会って、寺社奉行所に捕らえられている要然を助け出す手はずを打ち合わせていたようだ。

愚鈍な甚六のまま、それとなくお寅たちに別れの盃《さかずき》をあげさせる気らしい。

九

次の夜。

江戸の闇《やみ》を黒い風のように突っ切る一団があった。

その風は寺社奉行所へ忍びこみ、揚屋から要然を無言のうちに引き出すと、かつぐようにして走り去った。

町奉行所と違って守りはないに等しく、まさか罪人を助け出す者が出ようとも思わないから、てだれの盗賊たちにとっては、非常に危険な仕事ではあっても、腹を据えてやるときめたら、いともたやすい一幕だった。

彼らは後日の調べを紛らわすため、散っては寄り、分かれてはまた集《つど》いして、木戸や番所を丹念に避けながら、未明には箱崎へついて、荷船に要然を乗せてしまった。

難しいのはそうして一息ついてからだった。

「なぜお助けくだされましたのか……」

当然命はないものと諦《あきら》めていた要然は、船に乗りこんだ賽銭吉右衛門と甚六に、合掌してそう尋ねた。

二人とも要然に素顔を見せている。

「お寺へ押しこんだ盗賊は、あっしらがお上に居所を訴え出て、もう年貢をおさめさせました。ご住職をお気の毒だと思いましたので、こうしてお助け申し上げたまでのこと。これから先のご詮索《せんさく》はどうかなしにしておくんなさい」

甚六は要然の説得に当たっている。賽銭吉右衛門は無言のままだ。

「安房《あわ》の海っぱたの荒れ寺でござんすが、よければそこでおかみさんの菩提《ぼだい》を弔ってあげちゃあどうでしょう。もう江戸へは帰れませんしね」

「出家の身で早まったことをいたしました。そうさせていただければ……」

「人間この世に生まれ出れば、誰しも罪は犯しがちなもの。坊さまが人の分まで仏に祈るように、罪深《ぶけ》え生まれつきの者が、いくらかなりと人を助けて罪を償うこともござんす。こちらにおいでのお方は、世間の裏で気の毒な人を助ける稼業をしておいでの親分さんとお心得くだせえまし」

「そんな奇特なお方がこの世においでとは……」

「金がかたきの世の中とは、よく言うじゃござんせんか」

「まことにおっしゃる通りです。愚僧も妻《さい》とはひとまわりの上も年が離れておりましたゆえ、あの者の行く末を思っていささか蓄財をいたしましたが、それが仇《あだ》となって世間を敵にまわしてしまい、盗賊に狙《ねら》われてこういう始末となりました。まことに金こそかたき。もう望みは何もございませぬ。これからは一度なくした命と思い、人さまのためだけに余生を送らせて頂きとうございます」

「さあ、もう東に朱がさしました。あっしらはこれで町へ戻りますが、どうぞお達者で」

要然が手を合わせる前で、甚六と吉右衛門は船からおり、船は静かに朝の海へ出て行った。

桟橋に立つ賽銭吉右衛門とじべたの甚六。

「おかげでいいことをしたようだ」

「本当の悪人なんて、滅多にいるもんじゃござんせんよ」

「揚屋へ身代わりに置いてきたあの三幅の掛軸を、寺社の連中はどう思うだろうか」

「鑑定《めきき》させて本物ときまれば、さぞ面白《おもしれ》えことになるでしょうよ。雪舟があの寺にあったことは世間がよく知ってますからね。ひょっとすると賽銭のお頭の名が高くなることに……」

「それよりお前さん、いってえどなたのお身内なんだね」

「いずれご縁があれば判ることでござんすよ。てめえは生まれついての盗み好きでして、それが罪を犯さねえよう、一生懸命こらえてくらしているだけでござんす」

「はじめてのお付き合いだが、大層腕がいいようじゃないか」

「とんでもねえ、そちらさまこそ見事な段取りのつけかたで」

「いや、こんどばかりは頭をさげるよ。非道はせずの掟を守るには、命がけにならなきゃいけねえんだね。盗みは楽な生き方と謗《そし》られるが、盗賊にも盗賊の意地があるってことを教えてもらった。いずれまた会いてえもんだな」

「いつでも孔雀長屋におりますんで。まだ当分別れの盃はすることがねえようでした」

空は見る間に明るくなって行く。

村正礼三郎こと渋谷礼三郎が、要伝寺の押し込みの罪まで引っ被《かぶ》らされて獄門になったのは、それから三ヵ月ほどあとのことである。

# 邪魔っけ

平岩弓枝

平岩弓枝（ひらいわ・ゆみえ）
一九三二年東京都生まれ。五九年に『鏨師』で直木賞、七九年にNHK放送文化賞、八六年に菊田一夫演劇大賞、九一年に『花影の花』で吉川英治文学賞、九八年に菊池寛賞、二〇〇八年に毎日芸術賞を受賞、一六年に文化勲章を受章。著書に『日本のおんな』『平安妖異伝』『西遊記』、「御宿かわせみ」「はやぶさ新八御用帳」シリーズなど多数。

# 一

赤い地紙に黒い文字で「むぎゆ」と書いた竪行燈《たてあんどん》が橋の袂《たもと》に、ぼうっと点《とも》っている。

「有難《ありがと》うございました」

二人ばかりの客を送り出した麦湯売りの女の声にまろやかな言葉癖《ぐせ》があった。長太郎は行燈の灯かげに眼を凝らした。気がついたのは相手のほうが早かった。

「万石《まんごく》の若旦那《わかだんな》……」

走りよって来たおこうに、長太郎は肩をすくめてみせた。

「若旦那は恐れ入った……店はもう潰《つぶ》れたんだぜ。知ってるだろう」

寄るつもりはなかった涼台《すずみだい》の一つへ、長太郎は腰を下《おろ》した。行燈の下に麦湯の釜《かま》、茶碗《ちゃわん》などを並べて、その周囲に二つばかり涼台が出ている。店というにはあまりに簡素だが、暑苦しい江戸の夏の夜に、麦湯や桜湯くず湯あられ湯などをあきなう「むぎゆ」の露店は涼を求めて夜歩きする八百八町の人々に結構、珍重された景物であった。

「お前さん、いつからこんな商売に出てるんだい」

麦湯を一杯くれと頼んでから、長太郎は腰をかがめて湯をくんでいるおこうの背に問うた。

「川開きの晩からなんです」

「豆腐屋の店は、どうしたんだ」

「やってます。お父つぁんと……」

麦湯を涼台へおいて、おこうは微笑《わら》った。

「この夜店、昨年まではお隣の蠟燭屋《ろうそくや》のおしんちゃんがやってたんですけど、あの人、春にお嫁に行ったでしょう。だから、お隣の小母《おば》さんが私にやってみないかって……豆腐屋は朝の商売だし、やってみたら面白いようにお客様があるんです」

洗いざらしらしい白っぽい浴衣《ゆかた》をきっちりと着て、相変らず白粉《おしろい》っ気《け》のないおこうには、紅染《べにぞめ》の襷《たすき》とふっくらとした愛敬《あいきょう》の良さだけがこうした客商売らしさを匂わせている。

「おこうちゃんは働き者だからな」

自嘲《じちょう》めいて、長太郎は言った。おこうは黙って立っている。

父親が急死してすぐ、それまで老舗《しにせ》を誇って来た仕出し屋「万石」の店を、番頭と親《しん》戚《せき》連中が寄ってたかっていいようにしてしまい、半年目には長男で一人息子の長太郎が無一文で店を閉めることになった経緯《いきさつ》は、同じ町内のことだから、とっくに知っている筈《はず》のおこうが自分からその話題を避けているふうなのに、長太郎は苛々《いらいら》した。

「俺、今、どこへ行って来たと思う。柳橋《やなぎばし》の料理屋へはんぺんの注文取りに歩いて来たんだぜ」

「駿河屋《するがや》さんのお店へ御奉公なすったって聞きました……」

駿河屋はこの界隈《かいわい》では指折りのはんぺん商だ。

「そうさ。働かなけりゃ喰《く》えねえからね」

「柳橋は大変なにぎわいでしょう。きれいでした……花火？」

おこうは橋の上の空を仰いだ。この橋は大川とは支流になる小さな川にかかっているので、花火の気配はまるでない。ただ、音だけがよく聞《きこ》えた。

「花火なんざ、見るもんか」

「まあ、どうして……」

「しみったれた野郎どもがわいわいさわいでやがる……」

吐き出すように長太郎は言った。

「そうだろう。江戸中の船宿や、南両国《みなみりょうごく》あたりの料理屋が金を出して川開きだ、花火だと景気をつける。いわば商売でやる花火を一文も出さずに橋の上やら、屋根なんかから玉屋鍵屋《かぎや》と浮かれるなんざ、見倒《みだお》しもいい所だ。他人の商売物を船にも乗らず、料理屋の二階に上《あが》りもせず、銭を出さずに見ようなんて、しみったれでなくてなんだっててのさ」

花火の音が続いて聞えた。長太郎は見えない夜空へさえ、眼を上げようとしない。

川風が吹いて、おこうは行燈の火をのぞいた。

長太郎が涼台から立ち上って、懐中へ手を入れた時、おこうは咄嗟《とつさ》に言った。

「いいんです。これは……」

とたんに長太郎の眼が怒《いか》った。

「はんぺん屋の手代に成り下《さが》ってもね、茶代を恵まれるほど零落《れいらく》はしちゃあいねえよ」

ざらりと涼台に投げた銭の数は茶代にしては多すぎた。おこうは素早く、その過半数をつかみわけた。

「若旦那、麦湯の茶代は多すぎると野暮《やぼ》なんですって……」

別に、ゆっくり言った。

「麦湯の店は、水茶屋じゃございません」

微笑《わら》った顔だが、声の底にはきびしいものがあった。

長太郎は無言で踵《きびす》を返した。

路地を入ったとたんに甲高《かんだか》い女のどなり声がした。妹のおせんである。

おこうは重い足を路地の奥へ運んだ。

「ちょっと、おこうちゃん……」

　一軒手前の蠟燭屋の戸が開いていて、暗い中にお熊《くま》が立っている。蠟燭屋の女房で、名前は怖いが世話好きな親切者である。

「今、家へ入っちゃあまずいよ。ここへお出《い》で……」

　背後から亭主の和助《わすけ》も言った。

「嵐が止《や》むまで、おこうちゃん、うちで茶でも飲んで行きなよ。いま、お前さんが顔を出したら、嵐が火事になる……」

「すみません。いつも……」

　隣家《りんか》の土間へ足を入れかけたとたん、我が家から妹の声がはっきりと聞えた。

「お父つぁんはね、二言目には姉ちゃんがかわいそうだ、おこうが気の毒だっていうけれど、それじゃ、あたい達は少しもかわいそうじゃないってのかい」

　父親のおどおどした制止が続き、瀬戸物の割れる音が続いた。

「姉ちゃんは好きで嫁に行かなかったんだもの、二十五にもなって、うすみっともない娘のなりをしていようと自業自得さ。だがね。あたいは姉ちゃんの犠牲だよ。あたいが嫁に行けなかったのは、上がつかえてるからだ。嘘だと思ったら町内で聞いてみろ。おせんちゃんの嫁の世話をしてやりたいが、それじゃおこうちゃんに悪いからって……みんな、姉ちゃんに義理立てて、あたいを貰《もら》ってくれないのさ。あたいだけじゃない。常吉だって嫁を欲しい年頃になっているのに、姉ちゃんがいい年して家にいるんじゃ、誰も来手《きて》があるもんか。小姑《こじゆうと》は鬼千匹ってね」

おせんの声は、深夜であることにも、棟割《むねわり》長屋で近所隣へ筒抜けであることにも遠慮なしだった。

「例の血の道が起《おこ》ってるんだよ。気にしたらいけないよ、さあ、お上りな。突っ立っていないで……」

お熊に背を押されて、おこうは上りかまちへべったりと坐《すわ》り込んだ。夕方から立ちっぱなしの体も重かったが、心の重さが辛《つら》かった。

「おせんちゃんにも困ったもんだな。まあ、あの年まで嫁に行かないでいるのだから、いらいらもするだろうが……」

団扇《うちわ》を使いながら、和助は蚊帳《かや》の吊《つ》り手を一つはずし、布団をぽんと二つ折りにして坐る場所を作った。

「なに言ってるんだい。おせんちゃんって人はね、自分がどんな女だか考えた事があるのかい。朝寝はする、いい年をして商売の手伝いはしない。水仕事は手が荒れる。裁縫をすりゃあ肩が凝る……大名のお姫《ひめ》さまじゃあるまいし、そんな女を嫁にもらう馬鹿がいるものかね。嫁に行けないのはおこうちゃんのせいじゃない……当人の心がけが悪いからじゃないか」

「小母さん……」

弱々しく、おこうは制した。

「そりゃあ、おせんちゃんはあんたの妹だ。だがね。私はあんたがかわいそうで見ていられないんだよ。怠けもののくせに欲深で、おせんちゃんは銭箱《ぜにばこ》だけはしっかり握り込んでいて、あんたにもお父つぁんにも一文だって自由にさせないってじゃないか……」

「小母さん……もうかんにんして下さい」

上りかまちに手を突いておこうは頭を下げた。

いくら自分につらく当《あた》っても、実の妹である。他人からの責め言葉はそっくりおこうが背負わねばならない。

泣くつもりはないのに眼のすみにたまった涙を、おこうは浴衣の袖口《そでぐち》でさりげなく拭《ふ》いた。

路地をばたばたと下駄の音が、かけ抜けて行く。呼び止める父親の声が二言ばかり追ったが、それっきりになった。

おこうはうつむいて腰をあげた。

「すみませんでした。おさわがせをして……お休みなさい」

気の毒そうな和助夫婦の視線が、おこうには身を切られるようだ。

路地に出て、闇をすかしてみたが、妹の姿は無論みえない。家のくぐりを入ると、上りかまちに途方に暮れた父親が坐りつくしている。

土間には明日の仕込みに用意した大豆がぶちまけられて足のふみ場もない。

「只今《ただいま》、お父つぁん」

新しくたまった涙を飲みこみながら、

「お隣で、今まで……」

流石《さすが》に語尾が泣き声になった。

二

豆腐屋の朝は早い。

夜明け前に起き出して、水につけておいた豆を石臼《いしうす》でひき、ひいた豆を木綿袋《もめんぶくろ》に入れて圧《お》しをかけて汁を取る。これが父の米吉の仕事だが、ここ二年ばかり父親がめっきりおとろえて来ているのを知っておこうは石臼の役はなるべく自分一人でやってのけた。汁にニガリをまぜ、長方形の穴のあいた箱へ入れて固まらせる間に、おこうは油あげを作り、父親はおからの始末をする。

父親が荷をかついで朝商いに出かけた後、おこうは掃除をし、朝飯の仕度にかかる。その頃、近所隣がガタピシと雨戸を戸袋へ繰りこむのであった。

朝商いから父親が帰って来る頃、漸《よう》く末の妹のおかよが起き出して来た。むっつりした表情でいつまでも鏡台の前に坐っている。

「かよちゃん、常吉は……？」

弟の常吉も二階に寝ているとばかり思っていたのだ。

「兄さんはいないわよ」

「え？」

「又、横町のお師匠《つしょ》さんに可愛《かわい》がられてるんでしょうよ」

十五になったばかりなのに、そんな時だけ品のない笑い方をする。

おかよが末で、その上の常吉が二十歳《はたち》。父親と母親の良い所だけを取って生《うま》れたような器量で、苦《にが》み走った男っぷりだ。小柄で子供子供した感じなのに、なかみのほうはませていて、同じ町内のお囲い者の清元の女師匠に重宝がられ、旦那の来ない晩などは女ばかりで物騒だからと泊《とま》り込んだりする。勿論《もちろん》、それが只の用心棒ではないことは当人が自慢たらたら町内を喋《しゃべ》って歩いたから、忽《たちま》ち評判になってしまった。師匠は旦那をしくじったが、そうなっても十歳も年下の男はそれほどいいものなのか、常吉を入りびたりにさせて平然としている。常吉のほうは三、四日もすると派手な口喧嘩《くちげんか》をしたあげく、

「年上の女は、ねちっこくてかなわねえ」

などと、きいたふうなことを言っては家へ帰って来て丸一日、もぐらのように布団を

かぶって眠り込んでいる。無論、そんなだから石臼もまわさなければ、てんびんをかついで商いに出ることもない。

十三、四までは父親もがみがみ叱ったが、小言をいえば口でも腕力でもむかってくる。そうなったら所詮《しょせん》、若い男のめちゃくちゃな反抗にかなう者は一人もなく、いつの間にか、

「さわらぬ神にたたりなし」

に、なってしまった。

父親の米吉が朝商いから帰って来て、おこうが足を洗ってやったりなぞしている間も、おかよは髪がうまく結《ゆ》えないと言って焦《じ》れていたが、三人だけの朝飯を終えると、

「白粉《おしろい》が切れたから買って来ます」

ぷいっと出かけてしまった。

「おかよはだんだん、おせんに似てくるようだな。あの子だけはお前の力になってくれるかと思っていたが……」

湯呑《ゆのみ》を掌《てのひら》に包んで、米吉はもう軒先からじりじりと暑くなって来ている夏の陽にまぶしげな眼を向けて呟《つぶや》いた。

「昨年までは台所仕事ぐらいは手伝ってくれたのに、近頃は、私にろくろく返事もしないんですよ」

「おときが死んだ時、あの子は三つだった。十三になったばかりのお前があの子を背負って、なにもかも母親がわりに育てて来たのに……恩知らずな奴だ」

「おっ母さんがいけないのよ。四人もの子供を残して、先に死ぬなんて……」

二十歳までは泣き泣き言った言葉を、二十をすぎてからは笑いながら言う。おこうはそんな自分に女の年齢《とし》を想《おも》った。苦労が教えた諦《あきら》めである。

「そうだ。誰もいない中《うち》に、これを渡しとこうか」

どっこいしょと立ち上って、奥の部屋から細長い包《つつみ》を持って来た。

「浴衣《ゆかた》だよ、お前んだ。近頃のはやりなんだってね。おっこち絞りというんだそうだね」

「お父つぁん」

藍《あい》が手に染まりそうな鮮やかさを膝《ひざ》にひろげて、おこうは息を呑《の》んだ。着物を新調することはここ数年来まるでなかった。たとい浴衣でも嬉《うれ》しさに変《かわ》りはない。

「お前が麦湯売りに出ているだろう。夜だからいいようなものの、あんまりかわいそうなんで、昨日、商いの帰りに買って来たんだがね。夜の勘定の時、銭が足りないとおせんがうるさく言うんだよ」

商いに持って出た豆腐や油あげの数と、稼いで来た金とを、おせんは毎晩、父親から当然のように受け取って、神経質なくらい勘定が合うかどうかを算用する。一家の銭箱はがっちりおせんがおさえていて、日々の入用《いりよう》はその度におせんに言って、僅《わず》かずつ出してもらう習慣が、これもいつの頃かついてしまっていた。

何度かは、いっそ稼ぎをおせんに渡さずに、と父もいい、おこうも考えたことがあるのだが、

「おせんには銭勘定だけが生き甲斐《がい》みたいなのだから……」

と、肉親だけに、不愍《ふびん》がって実現しなかった。

その他にも、おせんから銭箱を取り上げるとなれば、かなりな大騒動となることも予想出来たし、その繁雑さに堪《た》える勇気は父親にもおこうにもなかったのだ。

「それで、昨夜《おと》のさわぎだったんですね」

浴衣に眼を落したまま、おこうは言った。

「おせんにも、おかよにも買ってくれれば良かったんだろうが……よけいな無駄づかいだと叱《しか》られるのは知れているし……あいつらはつい先だって、かつぎ呉服屋の清さんから新しいのを買ったばかりだ」

小さいが二棹《さお》ある簞笥《たんす》の中は、殆《ほとん》どがおせんの着物で、続いておかよ。おこうのは、

「姉さんのは古くさくて汚らしいから……」

と簞笥にも入れさせず、柳行李《やなぎごうり》を使わせている。もっとも、汚いのはろくに手入れもしない妹たちのもので、おこうのは古くとも、洗いも繕いも行き届いているから小ざっ

ぱりと始末がいい。

「浴衣一枚、買ってもらったくらいで、近所隣に聞えるように罵《ののし》られたり、嫁ぎおくれの、邪魔物扱いされるんじゃやたまりませんね」

皮肉っぽく、おこうは言った。我儘《わがまま》で手前勝手な弟妹たちをおさえ切れない父親への小さな腹立たしさもあった。

「そうだよ。たかが浴衣一枚だ」

横鬢《よこびん》が目立って白くなっている。まだ五十そこそこなのに、うっかりすると六十過ぎにも見られそうな父親の老いである。おこうは口をついて出そうな皮肉や悪態をそっと胸で消した。

「有難う、お父つぁん、早速、仕立てて着ます。こんな絞りのが、本当は欲しくてならなかったんだもの」

その日の夕方、麦湯売りに出かけようとしている矢先、ふらりと弟の常吉が帰って来た。

「姉ちゃん、なんとかしてくれなきゃ困るじゃないかよ」

女師匠のお仕着せか、粋《いき》な単衣《ひとえ》をぞろりと着て店先に突っ立ったまま、いきなりに言う。

「困るって……なにが……」

父親もおかよも湯屋へ行っている。

「昨夜遅くに、おせん姉ちゃんが師匠の家へ転がり込んで来たんだよ」

「そうだってね」

そのことは、昼間、父親が心当りをたずね廻《まわ》ったあげく、ちゃんと見届けて来ている。

「乙《おつ》にすまされちゃあ困るぜ。こっちはなにかと世話をかけてる師匠の家へ、迷惑かけてもらいたくねえなあ、俺の立場がなくなるぜ」

おこうは弟に近づいた。近づいてみると、弟の息はまだ日が明るいのに酒くさい。

「お師匠さんには、ちゃんとお父つぁんがお詫《わ》びにうかがってますよ。困ると思ったら、常ちゃん、あんた、おせんを泊めなけりゃあいいのに……」

「だって……夜更けに女一人……無分別でも起したら、困るのはこの家だ」

「それだけ思いやりがあるなら、おせんを力ずくでも家へ連れ戻してくれたらいいじゃないか。暑い日《ひ》盛《ざか》りを、お父つぁんは心配して、あっちこっち商いを放り出して探し歩いたんだよ。せめて、朝にでも、おせんが師匠の所へ来ていると、知らせてくれる親切がないものかい」

へらへらと常吉は笑った。

「おせん姉ちゃんは怒ってるぜ」

「浴衣一枚くらい……欲しけりゃお父つぁんに買っておもらいよ。がっちりしまい込んでる銭箱から銭を出してね」

「浴衣なんざ、一夏着きれねえほど買ってあるとさ」

「じゃあ……なにが……」

「姉ちゃんが、麦湯売りで稼いだ金を出さねえのが癪《しゃく》の種だとさ」

「常吉」

おこうは弟の眼をみつめた。

「あんたも聞いてたね。川開きの二日前の夜、私がお父つぁんの新しい着物や下着を買うんだから銭を出してくれと、おせんに頼んだのを……その時、おせんがなんて言った。もう間もなく死ぬようなおいぼれに着物なんか無駄な費《つい》えだって……五十のお父つぁんが間もなく死ぬのかどうか神さまじゃないから、私は知らない。だがね、老い先短い人だったら尚更《なおさら》、小ざっぱりした着物ぐらい着せてあげたいと私は思った。十二年前におっ母さんがなくなってから、私たちが継母《ままはは》を持ったらかわいそうだと、とうとうやもめを押し通したお父つぁんにせめてそのくらいのことは……」

「姉ちゃん」

嘲笑《ちょうしょう》を含んで、常吉がかぶせた。

「麦湯売りは親孝行のための銭稼ぎかい。又、世間さまが姉ちゃんをたんと賞《ほ》めるだろうよ」

土間にあった麦湯の釜《かま》へ手をのばした。

「いけないよ。商売物を……」

「へっ、好きな男にゃ何杯でも只《ただ》飲みさせたがりゃあがってさ……俺は見てたんだぜ。昨夜……暗い中で二人っきり……あれは潰《つぶ》れた万石の馬鹿旦那《だんな》の……」

おこうの手が傍《そば》の水の入った手《て》桶《おけ》をつかみ常吉は横っとびに店を逃げ出した。

三

六月に入って、町の世話役の一人であるはんぺん屋の駿河屋《するがや》で大きな慶事《けいじ》があった。

普段からなにかと世話になってもいるし、お得意先でもあるからと、父親の勧めでおこうはおせんと二人で手伝いに出かけた。

愛敬者《あいきようもの》で、てきぱきと気のつくおこうは、今までにもよく町内の物持《ものもち》の家で法事や慶事のあるごとに頼まれて手伝いに行っているから、重宝がられて次々と用事を頼まれて気持《きもち》よく働き廻っていたが、万事、不馴《ふな》れなおせんは要領悪く、台所のすみでつくねんとしていることが多い。

最初の中《うち》こそ、おこうはそんな妹に何かと用事をみつけてやったり、教えたりもしていたが、おせんがふくれっ面で返事もろくにしないし、その中には自分自身がいそがしくて妹の世話まで焼き切れなくなった。

客の接待が一通り終《おわ》って、店の者たちにも祝膳《いわいぜん》が配られるようになると、戦場のようなさわぎだった台所も一段落して、あとは酒の燗《かん》くらいになる。

長太郎が空になった徳利《とつくり》を五、六本まとめて台所へ運んで来た時、がらんとした土間で、おこう一人が洗い物をしていた。

「おや、ほかの者はどうしたんだ」

おこうはふりむいて、長太郎と知ると急いで濡《ぬ》れた手を拭《ふ》き、衿許《えりもと》を気にした。

「みんな、表へ御接待に出てなさるんですよ。私はこんななりだから……」

それでも新調のおっこち絞りに母親の形見の帯をしめて来ている。

「おせんちゃんはさっき帰ったようだよ」

「すみません、あの子、ちょっと体具合が悪いようなので……」

いつ帰ったのか知らずにいたのだが、すぐにそんな取り繕いが口から出た。

「この間の晩は……ごめんよ。つい、きざなことを言っちまった……」

徳利に酒を入れるのを手伝いながら、長太郎がそっと言った。おこうは耳の奥まで熱くなった。

「とんでもない。おわびは私が申さなけりゃあ……ほんとに勘忍して下さいまし。若旦那に、あんな……」

無器用な長太郎の手から徳利を取り上げた。

「そんなこと……私がします」

「俺だって、この店の奉公人だよ」

声に皮肉はあったが、長太郎はおこうには笑っていた。

「でも……私がします。私がいるんですもの」

長太郎は少しはなれて、おこうの手許《てもと》をみていた。

「私……気が強いもんですから、あんなことを言っちまったんです。自分でも気をつけているつもりなんですけど……一年ごとにだんだん気の強い女になっちまって……」

黙って立っている長太郎がどんな表情で自分の言葉を聞いているのか、おこうはそれが知りたかったが、どうしても顔が上げられない。しきりとなにか話したいと思うのだが、そのなにかが出て来ない中に、五本の徳利は燗がついてしまった。

長太郎が台所から去ると、おこうの体の中から、なにか大事なものが引き抜かれでもしたように、わけもなく寂しくなった。こんな心の状態になった記憶を、おこうは今までに持っていない。父親の女房がわり、幼い弟妹の母がわりであっけなく過ぎていった青春だった。

「いやだ。あたし……」

おこうは頬を赤くし、あわてて水桶《みずおけ》の洗い物に手を入れた。

だが、その日、おこうは長太郎ともう一度二人きりになる機会に恵まれた。

すっかり台所が片付いた四ツ過ぎ、おこうが駿河屋の主人から御祝儀《ごしゅうぎ》やら折詰《おりづめ》やらを貰《もら》って帰りかけると、表に長太郎が大きな風呂敷《ふろしき》を背負って立っていた。

「柳橋まで、届けるものがあるのでね。ちょうど、途中だからおこうちゃんを送って行くよう旦那から言いつかったんだ。女一人、夜道はぶっそうだから」

「夜道なら馴れっこですよ。もう若くないし……」

しかしおこうはいそいそと長太郎に並んだ。

「若旦那も大変ですねえ。こんな遅くまで……」

つい一年ばかり前は「万石」の若旦那で、たまの用足しには必ず小僧が供についていた人だのに、とおこうは思う。もっとも、その頃の長太郎だったら、気軽く声はかけてくれても、こうして一緒に歩くなんぞ夢にもあり得まい。

「万石の店を乗っ取った叔父《おじ》がね。俺に万石の店を返してやるというのだよ」

だしぬけに長太郎が言った。腹の中に貯《たくわ》えていた怒りが一度にほとばしるような激しさであった。

「世間が、俺を無一文で追い出したと噂しているので、少々、具合が悪くなったらしい。駿河屋の旦那に、もし俺が商売を始める気なら店を返してやると言って来たそうだ」

「………」

「だが、俺は断ったよ」

「お断りになった……」

おこうは眼を見はった。

「誰があんな奴の恩を着るものか。番頭と一緒になって俺を追い出しておきながら、世間の風当りがきつくなって、気がさしたんだ。おまけに万石の店もうまく行かなくて、ここの所、荷厄介《にやっかい》になっている。どうせ潰れる店なら、俺に返して有徳人面《うとくにんづら》するほうが得だと算盤《そろばん》をはじいたものさ。誰がその手に乗るものか。俺が返してもらって早速に店が潰れたら、あいつはふところ手をして言うだろう。やっぱり潰れましたね。私がやっていればなんとかなったんですが、若い者はどうも……」

「潰れますかしら。もし、若旦那が今からあの店をおやりなすっても……」

「どうかね。やってみなけりゃわかるまい。俺にはやる気がないのさ」

「なぜ……？」

「みすみす、叔父貴の手で踊らせられるのなんざ、真平《まつぴら》だ」

「でも、もしかしたら万石のお店が、昔のように御繁昌《ごはんじよう》を取り戻すかも知れないのに……」

「知るもんかよ」

二人は川に向《む》かって、道を折れた。

「若旦那って……やっぱり旦那さまなんですね」

うつむいて、おこうが言った。声の中に冷ややかなものがあった。

「駿河屋さんで一年近くも御苦労なすったのに、それじゃ苦労の甲斐《かい》が……」

「おこう、お前、俺を侮《あなど》るのか」

長太郎は背の荷をゆり上げて、足を止めた。

「違います。侮るなんて……そんな……」

おこうも足を止めた。路地の闇に二人は向い合った。おこうの白い顔がそっと川を見た。

「あたし、こう思ったんです。若旦那はやっぱり、本当の苦労を御存じない……」

「なに……」

「本当の苦労って……どんなのか私だって知りません。でも、あたし、苦労のかなしさは知っています。何日もごはんが食べられない。自分だけなら我慢もします。まだ、きわけのない幼い妹や弟が、腹がへったと泣いていて……あたしが十四の年でした。お父つぁんが、長い間のおっ母さんの病気で無理をしたあげく、そのおっ母さんが死んで、気も弱くなっていたんでしょう、風邪をこじらして寝込みました。二、三日は作ってあった豆腐や油あげを売って……それから先が難儀でした。あたし、妹と弟と三人がかりで、どうにか豆腐らしいものを作りました。それをかついで売りに出て、まだ何個も売らないのに、酔っぱらいにからまれて、荷がひっくり返ったんです……」

暮《くれ》であった。最初の中《うち》こそ、なにかと面倒《めんどう》をみてくれた近所隣も親類も、我が家が猫の手でも借りたいようなせわしさでは、力になってやりようがなかったのだ。暮は貧乏人にとって決して暮しよい季節ではない。

おこうははじめて誰にも頼らずに自分たち父と子、弟妹の食べるものを自分の手で稼ぎ出さねばならないのを悟った。

地べたに膝《ひざ》をついて、茫然《ぼうぜん》と土にまみれ、くだけた豆腐を眺めているおこうを残して、酔っぱらいどもは笑って去ろうとした。おこうはその一人の裾《すそ》を捕《とら》えた。

「あたし、夢中でした。なにを言ったのかおぼえていませんけど、商売物をこんなにされては困るから、それだけのことをして欲しいって言ったんです」

十四の娘が、よくぞ言った、とおこうは思い出すたびに自分の心が悲しくなる。

酔っぱらいは僅《わず》かの銭を出し惜しみして、なんだかんだと言い逃れて、去ろうとしたが、おこうは一歩もひかなかった。

「ひけなかったんです。あたし……。その中に酔っぱらいの一人が、こう言いました。そんなに銭が欲しいんなら、くれてやるから芸をしろって……」

通りすがりにこの光景を見た人も大方は足を止めただけで行き過ぎたり、でなければ遠くから面白そうに眺めている手合《てあい》ばかりであった。

「あたし……芸なんか出来ないって言いました。そしたら……そしたら……」

十一年前のその時の屈辱が甦《よみがえ》って、おこうは咽喉《のど》の奥で嗚咽《おえつ》した。

「犬の真似をさせられました……」

「おこうちゃん……」

長太郎の声が変っていた。

「なにをしたって銭を貰って帰らなけりゃ、弟や妹が飢えて泣いているんです。明日、売る豆腐の大豆を買うお金だってありゃあしません。女の一番大事なもの以外ならどんな恥知らずだってやってやろうと思いました」

おこうは月を浮《うか》べてゆれている川面《かわも》を見た。

宵《よい》から厚い雲だったのに、いつの間にか夜空は晴れていた。

「でも、お銭《あし》をもらって家へ帰る途中のつらさったらありませんでした。口惜《くや》しくって、悲しくって……本当に死にたいと思いました。でも、家へ帰ってみんなに温い飯を食べさせ、明日のことを考えたら、死んでる暇なんかありませんでした……」

涙を拭き拭き、おこうが歩き出し、長太郎が黙然と後に続いた。

川沿いの道は月が明るく、提灯《ちょうちん》なしでも歩けそうだ。

「若旦那は、こないだの晩、人さまが金を出してあげる花火を只《ただ》で見て喜ぶ手合をしみったれだとおっしゃいましたね。でも、それは若旦那のように豊かにお育ちになった人の言うことなんです。私たち、その日暮《ぐら》し、ぎりぎり一杯の暮しをしているものは、花火があがったら、ああ、きれいだと楽しんでみせてもらっています。そんなことで心が貧しくなると一々気にしていたら、世の中の美しいもの、きれいなもの、豊かなものに、みんな眼をつぶって通らなけりゃあなりません。そんなかたくなな暮し方、ものの考え方のほうが、余っ程、心が貧しいように思えるんです」

橋の袂《たもと》まで来て、おこうはふりむいた。長太郎の姿はどこにもなかった。

四

その年の秋、末娘のおかよに縁談があった。

相手は日本橋の糸屋の手代で、願ってもない良縁だと喜んだが、中二日おいて慌てた断りが来た。

話の間違いは、この夏の駿河屋の慶事の折《おり》に祝いに来ていた糸屋の主人が、愛敬《あいきょう》よく働いているおこうをみて、

「あの、良い娘は？」

と聞くと、豆腐屋の米吉の娘だという。その時はそれきりだったのが、後になって又、話題になり、いっそうちの手代の嫁にもらったらと思いついて聞き合《あわ》せると、間に立っ

た使いは、手代の年齢《とし》から、てっきり、これは末娘と勘違いして、

「年は十五」

と報告した。よかろうというので正式に話を持って来たら、とんだ姉妹ちがいだと気がついた。

「馬鹿もいい加減にしてくれだ。おこうに申し分はないが、三つ年上ではたあなんて言い草だ」

父親は怒ったが、おこうはそれほど傷つかなかった。そんな立場には、もう馴《な》れっこになっている。だが、おせんの聞えよがしな悪態には我慢がならなかった。

「お気の毒さまだねえ。愛敬者で働き者で、親孝行と三拍子そろった姉ちゃんの売り込みぶりは達者だが、二十五の大年増《おおどしま》だって売り込んどかなかったのが手落ちだったね。ふん、二十二のお手代さまに二十五の花嫁さまじゃ気の毒を画《え》に描いたようだ」

おせんは自分が嫁ぎそこねたような、奇妙な怒りを感じていた。姉か妹か、どちらかが嫁に望まれた筈《はず》だのに、どちらも断られた結果になったのが肉親としてどうにも口惜しく、それがおこうへの憎まれ口となるのだ。

「ふん、二十五歳の大年増が上にでんとつかえてるんだからね。私はとにかく、常吉やおかよはいい迷惑だよ」

「おせんちゃん……いい加減におし」

とおこうもひらき直った。

「今度のことは、あんたになんのかかわりもない話じゃないか」

「そうよ。だから、あたいはおかよがかわいそうだって言ってるのさ。姉ちゃんみたいな評判のいい女の妹に生れるとね、なにをしたって目立たないし、普通にしたって怠け者だ、甲斐性《かいしょう》なしだって言われるのよ。世間はそうなんだ。姉ちゃんを良い娘だって賞《ほ》めるついでに、それにひきかえ妹は、と、くるんだ。そういうふうにきまってる。駿河屋さんの手伝いん時だって、あたいがいくら働いたって姉ちゃんにゃかなわない。姉ちゃんは働き者で、あたいが役立たず、みんながそういう顔であたいをみるんだ。おかよだってその通りだ。だんだん、あたいの二の舞《まい》さ」

「おかよちゃん……」

すがるような思いで、おこうは末の妹へ言った。

「お前は違うね。おせんも常吉も自分の悪いことは棚に上げて、私を悪者にするけれど……おかよちゃんだけは……」

黙っていたおかよが眼を上げた。

「おこう姉ちゃん……姉ちゃんなんか嫌いだよ……」

「おかよちゃん……」

「あたいだって、おせん姉ちゃんだって、常吉兄ちゃんだって、みんな姉ちゃんの犠牲なんだ。兄ちゃんが、かわいそうじゃないか」

「常吉が……」

「常兄ちゃんはね。好きな人がいたんだよ。惚《ほ》れてた娘が……だけどその人は言ったんだ。あんな、しっかり者の姉さんがいたんじゃあ、あたしはとてもつとまらないって……他の男の嫁になっちまったよ……」

「誰なのよ。その人……」

おこうはあえいだ。

「お隣の蠟燭屋《ろうそくや》のおしんちゃん……」

がんと棍棒《こんぼう》で頭をなぐられたような衝撃だった。おこうは眼を据えた。

「本当なの。おせん……だったら横町のお師匠さんのことは……？」

「あれは、かくれ蓑《みの》よ。常吉は見栄坊《みえぼう》だから女に捨てられたなんて、死んでも思われたくないんだろうよ」

おせんが、うながしておかよも立ち上った。

「あたい、おこう姉ちゃんなんか大嫌いだよ。二十五にもなって、十五の娘に見間違えられる姉ちゃんなんぞ、うす汚くって……大嫌いだよ」

妹二人がうなずき合って外へ出て行ってから、おこうは長い間、じっと突っ立っていた。

いくつかの事が、頭の中をぐるぐる廻《まわ》っては出口も入口《いりぐち》もない暗闇に立ちすくんでしまう。気がついた時、足はしびれて棒になっていた。這《は》うようにして鏡台の前に坐《すわ》る。鏡の中の顔は蒼《あお》く、世帯やつれして見えた。

底深い悲しみが、おこうを襲った。おこうは両手で自分の衿《えり》を鷲《わし》づかみにした。

「あたしだって……あたしだって一生懸命だったのに……せい一杯にやって来たんだのに……」

声を放っておこうは泣いた。涸《か》れるまで泣いた。

しゃくりあげが漸《よう》く止った時、おこうは店先へ訪《おとな》う男の声を聞いた。泣き顔を拭《ふ》き、髪を直して、店へ出た。

長太郎であった。

泣き腫《は》れた顔を見せまいと伏し眼がちのおこうへ、明るく言った。

「俺、万石の店を返してもらったよ。奉公人は一人も居ないが、明日っから俺一人で店を開けるんだ。潰《つぶ》れるか潰れないか、俺の力だめしさ」

「若旦那《わかだんな》がお一人で……」

おこうは顔をかくすのを忘れた。

「仕入れと商いは俺が一人でやってのける。だが、肝腎《かんじん》の弁当の中身を作る職人がいないんだ。おこうちゃん、どうだ。俺の女房にならねえか」

不意打《ふいうち》だったので、おこうは聞き違いかと思った。

「というと御都合野郎に聞えるか知れないが、そうじゃあない。俺はおこうちゃんを女房に欲しいんだ。お前さんといっしょなら、万石の店を潰さねえで、やって行く勇気が湧いてくる。なあ、おこうちゃん、今すぐ、俺の女房になって欲しいんだ」

おこうは長太郎の眼の中に、必死なものを認めた。

「若旦那は……今、すぐ、私がお入用《いりよう》なんですね。私がお役に立つんですね」

震える声でおこうは言った。

「そうだ。どうしてもお前さんが要《い》るんだ」

「行きます……あたし……若旦那といっしょに……」

震えは声だけでなく、おこうの全身に起った。がたがたと激しく震えているおこうの手を、長太郎はありったけの力で握りしめた。

「ありがと、よ」

「お礼をいうのは私なんです、あたし……この家では邪魔っけな人間なんです……でも、どこにも行く所がなかったんです……有難うございます。若旦那……」

おこうの眼から一筋、白く涙が落ちた。

前掛《まえかけ》一枚と赤い襷《たすき》一本だけを持って、おこうは家を出た。

万石の仕出し弁当は、忽《たちま》ち思いがけない人気を取った。

新しく看板をかけ直した日、

「うまく註文《ちゅうもん》がとれるかどうか」

と危《あや》ぶんだものの、昔からの馴染客《なじみきゃく》が少《すく》いながら註文を出してくれて、その最初の弁当が好評を得た。おこうの作った素人《しろうと》っぽい総菜に、食べる人に対する細やかな親切がこもっていてそれが忽ち、評判になった。

一日ごとに、僅かずつだが註文も増えた。働き者のおこうにとっても修羅場のような毎日が続いた。それは、長太郎も同様であった。しかし、この忙しい働きずくめの日々には、生き甲斐があった。

暮と正月は、夢中で過ぎた。

藪《やぶ》入りの日、開店以来、初めての休みにして、長太郎はおこうと浅草寺《せんそうじ》へ参詣《さんけい》に行った。

帰りに南両国で用足しをすませ、川っぷちを戻ってくると、

「姉ちゃん……」

てんびんをかついだ若い豆腐売りである。おこうは眼を疑った。

「常ちゃん……あんた、いつから、そんな……」

常吉は照れた笑いで姉と、義兄をみた。

「お父つぁんも年だからな」

「有難う。常ちゃん、よく、その気になっておくれだ……」

おこうの取った手を、常吉は軽くはずした。

「おせんはどうしているの」

「この冬はヒビとアカギレだらけの手になっちまって……痛い痛いって大さわぎさ。朝四時に起きて石臼《いしうす》ひいてるよ」

常吉はもう一度、照れ笑いに笑った。

「お父つぁんも元気だよ。おかよが寂しがってるから……姉ちゃん、時々は顔をみせに来てくれよ」

言い捨てて、常吉はてんびんに肩を入れた。

見送っていると、器用に調子をとって荷《にな》って行く。板についた豆腐売りだ。

「みんな良く働いてるよ。おせんちゃんも、おかよちゃんも、なりふりかまわずにね」

長太郎が微笑《ほほえ》んで言った。

「あなた、御存じだったんですか」

「働き手のお前を貰《もら》っちまって、親父様が御苦労じゃないかと心配でね。時々、のぞいてはみたんだが……案じる事は何もなかったよ」

「私が居なくなったら、なにもかも良くなるなんて……本当に私はあの家の邪魔者だったんですね」

がっかりした調子でおこうは呻《うめ》いた。

「いや、みんなお前に感謝しているよ。姉さんの有難味《ありがたみ》が身にしみてわかったって、いつか、おせんちゃんが言っていたっけ……」

ただね、と長太郎はいたわりをこめて妻を眺めた。

「木が大きく枝葉《えだは》をひろげて下の者をかばおうとすると、下の者はお日さまに当れなくて伸びようとしても伸びられない。程よく育ったら一人一人、根分けして一本立《いっぽんだち》になって行く。お前は少々根分けするのが遅かったんだ」

「私が枝や葉を力一杯ひろげてやっていなかったら、風に吹きとばされたり、雨や雪でびしょぬれになったかも知れないくせに……」

「そうさ。その通りさ。おかげでみんなうまく育ったし、お前は俺みたいな上等の地所へ植えかわったんだ。良かったんだよ。これで……」

おこうは夫を見、袂《たもと》を抱いて小さく笑った。

家へ帰って、出がけに乾《ほ》しておいた洗濯物を取りこみに、おこうが物干場《ものほしば》へ上ると、長太郎もついて上って来た。

やや遠く、冬の川が灰色にくすんで見える。

柳橋も、南両国も、よく見渡せた。

「川開きの時は、ここからだと花火がよく見えるでしょうね」

何気なく言ってしまって、おこうは、はっとした。

長太郎は春の海のような穏やかさで、うなずいた。

「そうだ。五月二十八日の川開きの晩は、早じまいにして、お前と二人でここで花火見物をするか」

素直な声であった。

「あなた……」

洗い物を胸にかかえて、おこうは夫の肩へそっと言った。

「あたし……もう、邪魔っけなんかじゃありませんねえ」

「当り前だ。この家の大事な、大事な女房どのさ」

長太郎は二十六にもなって、まだ子供っぽさの残っているおこうの頬を、両手で軽くはさみ込んだ。

# 御船橋の紅花

山本一力

山本一力（やまもと・いちりき）
一九四八年高知県生まれ。九七年に「蒼龍」でオール讀物新人賞を受賞しデビュー。二〇〇二年に『あかね空』で直木賞を受賞。著書に『損料屋喜八郎始末控え』『大川わたり』『欅しぐれ』『かんじき飛脚』『背負い富士』『たすけ鍼』『早刷り岩次郎』『五二屋傳蔵』、「ジョン・マン」シリーズなど多数。

# 一

「冬がそこまで来ているてえのは、もちろん承知だがよう。それにつけても、ひどく凍えた朝じゃねえか」

嘉永六（一八五三）年十月二十五日、明け六ツ（午前六時）どき。

甚五郎店《じんごろうだな》のかわやに歩いてきた大工の吾助《ごすけ》は、身体《からだ》をぶるるっと震わせた。ぶつくさ寒さに文句を言いながらも、吾助が小便壺《つぼ》に向かって用足しを始めたとき。

泰蔵《たいぞう》も朝一番の用足しに出てきた。

「おはよう、とっつぁん」

「おはよう」

しわがれた声で応じた泰蔵は、ふんどしのわきから窮屈そうな手つきで、逸物を取り出した。

かわやの小便壺は、おとな三人が並んで用を足せる大型だ。先に用足しを始めていた吾助は、泰蔵の股間《こかん》を見て目を見開いた。

泰蔵は右手で、おのれの逸物を上から抑えつけていたからだ。

「威勢がよくて結構じゃねえか、とっつぁんのモノはよう」

「結構なもんかい」

応じた泰蔵の物言いには、愛想のかけらもなかった。

「還暦を過ぎていい歳《とし》だてえのに、小便がたまった朝は、てめえの手で抑えつけなきゃあならねえ始末だ」

不便で仕方がないという物言いは、見栄《みえ》ではなしに正味である。

「朝っぱらから、言ってくれるぜ」

泰蔵より三十も年下の吾助は、急ぎ用足しを済ませた。泰蔵が本気で不便だと思っているのが分かり、ひどく傷ついたのだろう。

「なんてえ親爺《おやじ》だ、あれで還暦かよ」

顔をしかめながら、吾助は宿へと戻って行った。

小便を済ませた泰蔵は、やすやすと逸物をふんどしのなかに仕舞い込んだ。

井戸端では、三人の職人が総楊枝《ふさようじ》での歯磨きを終えたところだった。いずれも甚五郎店の店子で、通い仕事の職人たちだ。

「おはよう、とっつぁん」

自分の宿に戻ろうとしながら、左官職人の久三《きゅうぞう》が朝のあいさつの声をかけてきた。

身なりのよさが自慢の久三は、井戸端で髭《ひげ》をきれいに剃《そ》っていた。

髪結いには昨日行ったらしく、月代《さかやき》は朝の光のなかで青々としていた。

「おはよう」

応じた泰蔵の物言いは、相変わらず愛想がなかった。が、久三は慣れっこになっているのだろう。気をわるくした様子も見せず、さらに話しかけた。

「昨日の湯島の桜馬場は大した人出だったそうだが、とっつぁんはあの辺も売り歩いているんだろう？」

「ああ」

愛想のかけらもない返事だ。それでも久三は話を続けた。

「あすこに御上が拵《こしら》えた大筒の鋳造所てえのは、みんなが大騒ぎしているほどにでけえのかい？」

「どんだけでかくたって、おれが建てたわけじゃねえやね」

答えるのも面倒だといわんばかりの物言いである。さすがに久三もげんなりしたらしい。

「そんな調子で、よくも担《かつ》ぎ売りをやってられるぜ」

宿に向かいながら、久三は毒づいた。

井戸端に立った泰蔵は、目元がゆるんでいた。いずれも歳が三十の吾助と久三を、朝から軽くいなしたからだ。

還暦を迎えたからといって、おれの半分の歳の若造のくせに、気安くとっつぁんなどと呼ぶんじゃねえ……肚《はら》の内で、泰蔵はこう思っていた。

しかし真正面から言い返しては、相手の面子《めんつ》を潰《つぶ》してしまう。

三十代は、なににも増して面子を大事にする年頃だと、泰蔵はわきまえていた。過ごしてきた自分の昔を振り返れば、それは自明のことだ。

ゆえに言い返すのでなく、いなそうと決めていた。まともに取り合わなければ、相手は泰蔵に毒づいてくる。しかし面子を潰すことにはならない。

軽くいなされた若造が、なんと言って自分に毒づくか。いまの泰蔵は、それを聞くのを楽しみにしていた。

明日もまた、小便をしている吾助に並びかけて、ひと泡吹かせてやるか。

まるでこどもが新しいいたずらを思いついたかのように、泰蔵は湧《わ》き上がる笑いを噛《か》み殺した。

歳こそ今年で六十一だが、泰蔵はいまでも毎日、振り分け屋台を担いで、延べ五里（約二十キロ）の道を歩いていた。

泰蔵の稼業《かぎょう》は提灯《ちょうちん》・ろうそく・火打ち石の担ぎ売りだ。いずれも目方が軽い割には、値の張る品物である。

しかもどの品も消え物だった。

定まった得意先が何度でも買い求めてくれるのが、消え物のありがたいところである。売り声を発せずに歩いていても、客のほうから声をかけてくれた。その代わり、売り歩く道筋は一定に定めていたし、町々をおとずれる刻限も同じになるように努めた。

『町々の土圭《とけい》となれや　こあきんど』

泰蔵に担ぎ売りを仕込んでくれた親方は、常にこのことを口にしていた。

「豆腐屋さんがきたから、もう四ツ（午前十時）よねえとか、魚屋さんの声が聞こえたから八ツ（午後二時）が近いとか……お得意先で、そう思ってもらえるようになってこその担ぎ売りだ」

泰蔵は還暦を迎えたいまでも、遠い昔に親方から仕込まれたことを守っていた。

定まった道筋を、定まった刻限に。

晴れても降っても、暑かろうが寒かろうが、泰蔵は担ぎ売りを休まなかった。

これを守るためには、達者な足腰が入り用だ。が、泰蔵は伸びをくれるほかには、格別な身体の鍛錬を続けているわけではなかった。

しっかりと歩き、食いたいものにはカネを惜しまずに払う。

これもまた、親方から教わったことだった。

「食うことを軽くみるやつを、信じちゃあならねえ。寝るのと食うのは、達者に生きるための源だ。食うことにゼニを惜しむやつは、てめえの命を安売りするやつだと思え」

泰蔵はいまでも大事に守っていた。

この年になって足腰が達者なのも、逸物がそそり立っていて、朝一番の小便がしにくいのも。どちらも、食うことを大事にしているからだと信じていた。

井戸端に立った泰蔵は、朝日を顔に浴びながら歯磨きを始めた。歯が達者であればこそ、食うことを楽しめる。

歯磨き道具にも、泰蔵はゼニを惜しんではいなかった。

長屋の井戸水は塩辛い。飲み水には使えないが、歯磨きには打って付けだ。塩水で口をすすげば、歯茎がきゅっと引き締まるからだ。

ガラガラガラッ。

うがいをしたあと、顔を洗った。吾助がぼやいた通り、朝の冷えはきつくなっている。

息を吐くと、ぼんやりと口の周りに湯気が見えた。

両手で顔をはたいたあと、深呼吸をした。

存分に売り歩いたあとは、今日も御船橋《おふねばし》たもとの屋台でてんぷらを食おう。

胸の内でこうつぶやいただけで、足腰に力が行き渡ったように感じた。

よおし、今日も一日。

声に出したあと、泰蔵は身体に目一杯の伸びをくれた。前屈《まえかが》みのあとは、逆に身体をのけぞらせた。

毎朝の歯磨き洗顔のあと、これをやるのが決まりである。

甚五郎店に暮らし始めて、すでに二十年目を迎えていた。

その間ほぼ毎日、この動きで身体を慣らしていた。

長屋の木戸口にも、朝日が差していた。

差配の甚五郎は、泰蔵よりひとつ年下だ。

来年還暦を迎える甚五郎は、眩《まぶ》しげな目で、身体に伸びをくれている泰蔵を見詰めていた。

## 二

明け方の冷え込みは、冬のおとずれを思わせるほどにきつかった。が、四ツになると天道《てんとう》に暖められた地べたが、居座ろうとしていた冬の気配を追い払っていた。

深い藍色《あいいろ》の空は、底なしに晴れている。柔らかな日差しが、甚五郎の宿の濡《ぬ》れ縁に降り注いでいた。

「生け垣のつつじも、ついでに丈を揃《そろ》えといたからよ」

植木職人の与市《よいち》は、縁側に置かれた甚五郎お気に入りの煙草《たばこ》盆を引き寄せた。

「ありがとよ」

与市の向かい側に座った甚五郎は、まだ封のされたままの『開聞誉れ《かいもんほま》』を手にしていた。

「つくづく、あんたも飽きねえなあ」

封を切る甚五郎の手元を見て、与市は感じ入ったという口調で話しかけた。

「おめえがその煙草を吸い始めたのは、おれが親父《おやじ》からハサミを許された年だったんじゃねえかい？」

「ざっと三十年にはなると思うが……それがどうかしたか」

封切りの煙草をキセルに詰めながら、甚五郎は植木屋に問いかけた。

与市と甚五郎は、ともに寛政六（一七九四）年生まれの同い年だ。生まれも育ちも山本町というふたりは、来年が還暦である。

同じ年の者は、かつてはほかにも何人もいた。が、他町に移って行ったり、病で欠けたりして、いまや同い年はふたりだけだ。

与市も甚五郎も、もちろん女房持ちだ。が、ふたりの付き合いは、それぞれの女房との日々よりもはるかに長かった。

ふたりは兄弟も同然に、相手の気性も、モノの好き嫌いも分かり合っていた。

「あんたは煙草に限らず……」

与市はふっと、話す声を小さくした。

「もらったカミさんにも飽きねえで、浮いた話もまるでねえ」

ほとほと感心するぜと結んでから、煙草を吹かした。

「飽きようが飽きまいが、大きなお世話だ」

ぶっきら棒に答えてから、甚五郎も煙草に火をつけた。薩摩《さつま》煙草ならではの、甘い香りが濡れ縁に漂った。

与市が感心した通り、甚五郎は三十年来、吸う煙草は開聞誉れひと筋である。

ひとたび気に入ったらなににもよらず、よほどのわけがない限り取り替えはしない。これが甚五郎の流儀だった。

「話は変わるが」

慌《あわ》てて口調を変えた与市は、新たな一服をキセルに詰めた。甚五郎の女房おつるが、茶と茶請けを運んできたからだ。

「飽きがこないのが、どうかしたんですか、与市さん？」

おつるはわざと目元を険しくして与市を睨《にら》んだ。与市は慌てふためいた手つきで、種火にキセルをくっつけた。

勢いよく吸い過ぎたのだろう。煙を吐きながら咳《せ》き込んだ。

「まったく与市さんは幾つになっても、うちのひととおんなしで隠し事のできない正直者ですねえ」

与市の膝元《ひざもと》に置いた湯呑《ゆの》みは、威勢のいい湯気を立ち上らせている。湯気には玄米の香りが含まれていた。

「おれが飽きがこねえと言ったのは、甚五郎はひとたび気に入った店子は、十年、十五年は当たりめえで、二十年も店立《たなだ》て（家主が借家人を追い出すこと）を食わせてねえひとがいると、そんな話をしていたまでさ。そうだよな、甚五郎」

「ああ」

甚五郎は面倒くさそうな返事をした。

店子の泰蔵が、若い者にみせる無愛想ぶりを真似《まね》していた。

「それは、ようござんしたね」

梅干しの茶請けを濡れ縁に置いて、おつるは引っ込んだ。与市は首をすくめてから、またもやキセルに煙草を詰め始めた。

「ところで甚五郎」

与市はあとを続ける前に、座敷の奥に目を走らせた。おつるの姿が見えないのを確かめてから、続きに戻った。

「あの泰蔵さんが、てんぷら屋台の女に熱を上げてるてえのを、おめえは知ってるか？」

ぎゅうぎゅうと、開聞誉れを詰めていた甚五郎の手が止まった。

「なんだ、知らないのか」

「もったいぶってないで、先を聞かせてくれ」

甚五郎は煙草を詰めるのをやめていた。

三服目を吸い終えた与市は、竹の灰吹きに灰を落としてから話を続けた。

「御船橋の西のたもとに、てんぷらの屋台が出てるのを知ってるだろう？」

「まだ食ったことはないが、あの屋台は女がやってるのか」

「四十をとっくに超えてるだろうが、なかなかに肉置《ししお》きのいい女だ」

キセルを膝元に置いた与市は、茶請けの梅干しを箸《はし》でほぐした。

てんぷら屋台に屋号はない。太い筆文字で『天麩羅《てんぷら》』と大書きした行灯《あんどん》が点《とも》されているだけだ。

御船橋西のたもとに屋台が出始めたのは、去年の桜が散ったあとだった。

屋台のあるじはおひで。三好町のてきや元締め、黒数珠《くろじゅず》の猪蔵《いぞう》から場所を借りて商いを始めていた。

屋台の行灯は、おおむね安い魚油を使っていた。が、てんぷら屋台は稼業柄、使い古した胡麻《ごま》油を燃やす者が多かった。

ところがおひでは、商いの姿勢が大きく違っていた。揚げ物に使う油は、上物の菜種油だ。しかも揚げ物が四半刻《しはんとき》（三十分）も続いたら、新しい菜種油に取り替えた。

「御船橋のてんぷらを食ったか？」

「まだ食ってねえが、うめえのか」

「ネタは新しいし、油は極上の菜種油だからよう。飛びっ切りのうまさだぜ」

商い始めから半月も経ぬうちに、おひでの屋台の美味《うま》さは深川の端にまで知れ渡った。

御船橋は杉板造りの太鼓橋で、欄干は黒い擬宝珠《ぎぼし》をかぶっている。おひでが商いを始めてから、この擬宝珠がてかてかと光り出した。

天麩羅の　指をぎぼしに　ひんなすり
古川柳に詠《よ》まれた通りのことが、御船橋でも起きていた。てんぷらを食べたあとの指を橋の擬宝珠にこすりつけ、油を落とすのだ。

擬宝珠が光っているのは、おひでの屋台が繁盛《はんじょう》しているあかしだった。

泰蔵がおひでの屋台に座る気になったのも、御船橋の擬宝珠のてかてかぶりを見たからだ。

去年の八月。富岡八幡宮《はちまんぐう》例祭の翌日で、深川は町ぐるみで気が抜けていた。おひでの屋台にも、めずらしく客の姿はなかった。

杉の長い腰掛けに座るなり、泰蔵は行灯がやたら明るいことに気づいた。

「たいした明かりじゃないか」

泰蔵はてんぷらを口にする前に、行灯の明るさを褒めた。

「嬉《うれ》しいことを言ってくれますねえ」

たまたま相客がいなかったこともあり、おひでは正味で嬉しそうな顔つきを見せた。

「行灯には上物の菜種油を使ってますから」

この明るさに気づいてくれたのは、お客さんが初めてだと言って喜んだ。

「なにぶん、稼業《かぎょう》が提灯《ちょうちん》とろうそく売りなもんでねえ。どうしたって、店の行灯には目がいっちまうんだ」

「お客さん、ろうそく屋さんですか？」

おひでの大きな瞳《ひとみ》が、泰蔵をまともに見た。

「ろうそく屋たって、おれは担《かつ》ぎ売りだ」

店を構えているわけではないと断った。が、おひでは目を外さなかった。

「あたしだって、店を構えているわけではありませんから」

初めての顔合わせから、おひでと泰蔵はうまが合った。

おひでがろうそく屋という稼業に気を動かしたのは、行灯の明かりを菜種油からろうそくに取り替えたいと思っていたからだ。

明るいとは言っても、所詮《しょせん》は油を灯心で燃やす行灯である。ろうそくを内側に点す提灯型の行灯には、大きな後れをとっていた。

おひでは行灯の明かりをろうそくに取り替えたいと告げた。泰蔵はその思案に待ったをかけた。

「そんな無駄遣いをすることはない」

泰蔵はきっぱりと言い切った。

「これだけはやっている店だし、てんぷらもすこぶる美味い」

泰蔵はハゼとメゴチを食べていた。どちらも白身魚だが、揚げ方が見事である。身の柔らかさを残していながら、しっかりと揚がっていた。

包丁さばきも達者で、小骨まできれいに外されていた。

「客寄せの行灯にこれ以上の費《つい》えを投じなくても、客のほうから寄ってくる」

菜種油の五倍もするろうそくなど、カネの無駄遣いだとおひでを諭した。

「ろうそく行灯で見栄《みえ》を張らなくても、おまいさんの包丁と、上物の菜種油が、なによりの見栄じゃないか」

泰蔵の物言いには、おひでの商い姿勢を敬う思いが込められていた。それを汲《く》み取ったおひでは、屋台の向こう側であたまを下げた。

以来、泰蔵はてんぷら屋台通いを始めた。

口開けの客が、その日の商いの行方を左右する……それをわきまえている泰蔵は、口開け客になったときは、てんぷらも酒も盛大に注文して景気をつけた。

仕舞い客のときには、おひでが帰り支度をしやすいように、ほどのよいところで腰を上げた。

すっかり馴染《なじ》み客になっていたが、いささかもそんな素振りは見せない。相客のあるときは、静かに酒とてんぷらを楽しんだ。

そんな付き合い方が、すでに一年以上も続いていた。

「ああいう気性の泰蔵さんだ、他の客に気づかれねえようにと気を遣ってるみてえだが、隠せば隠すほど周りにはめえるからよう」

泰蔵のてんぷら屋台通いは、常連客の間で評判になっていると与市は話した。

「還暦になっても、女のひとを好いたりできるてえのは、おれもあやかりてえやね」

ほぐし切っていない梅干しを、与市はまるごと口にいれた。

いつの間にか座敷に戻っていたおつるが、目に力を込めて与市を見ている。

ううっ。

丸ごと呑み込んだらしく、与市はまたまた激しく咳き込んだ。

三

与市が帰ったあとも、甚五郎は縁側から動かなかった。

甚五郎店の南は四百坪の火除《ひよ》け地である。表通りから中に入った裏店ながら、火除け地のおかげで日当たりは良好だ。

十月下旬の日差しを身体《からだ》に浴びながら、甚五郎は思案を巡らせ続けた。

考えていたのは、泰蔵とおひでのことだ。

一本気で不器用な泰蔵の生き方に、甚五郎は深い共感を覚えていた。

若い時分に親方から仕込まれた商いの姿勢を、泰蔵は還暦を迎えたいまでも頑固に守り通していた。

担ぎ売りの品物にも、時代時代の流行《はやり》がある。昨今は暮らしに入り用な品よりも、利幅の大きい飾り物や小間物の担ぎ売りが幅を利《き》かせていた。

泰蔵は時代の流れには見向きもせず、提灯とろうそくと火打ち道具に限って商った。

すでに十年以上も昔のことだが、甚五郎は泰蔵の商いの元値を調べたことがあった。店賃をただの一度も滞らせたことのない泰蔵が、いったいどれほどの稼ぎであるかを知りたかったからだ。

調べてみて驚いた。

提灯・ろうそく・火打ち道具の三つを均《なら》して、儲《もう》けは一割二分にとどまっていた。月々十両（五十貫文）の売り上げがあったとして、泰蔵の実入りはたかだか六貫文に過ぎないのだ。担ぎ売りが月に十両売るのは容易なことではない。が、いないわけではなかったし、泰蔵も月十両の商いを続けていた。

それだけ泰蔵は、得意先から信頼されていたということだ。

他の担ぎ売りの粗利は、四割が相場だった。なかには元値の倍で売り尽くすという、剛の者もいた。

月に四両の実入りなら、大した稼ぎだ。

しかし泰蔵は十両も商いながら、実入りは六貫文である。腕のいい大工なら、十日で稼ぐ手間賃だった。

「暮らしに入り用な消え物を商うんだ。自分の暮らしが成りたつ実入りがあればいい」

元売り店の番頭に、泰蔵はこう言い続けていた。

泰蔵が借りている九尺二間《くしゃくにけん》の店賃は、月に四百文である。

担ぎ売りの元値を知って以来、甚五郎は泰蔵の店賃は値上げをしていなかった。

実入りが月に六貫文でも、店賃四百文なら食うに事欠くことはない。そう考えての店賃据え置きだった。

甚五郎は心底、泰蔵の生き方に敬いを抱いている。が、そんな思いは、おくびにも出してはいなかった。

いないどころか、泰蔵と向き合ったときには嫌味なことしか言わなかった。内に隠し持った敬いの気持ちを、泰蔵に察せられぬためである。

甚五郎も一本気で不器用な生き方しかできない男だ。自分と同じような気性の泰蔵には、格別の思いを抱いた。

そのかたわら、あまりに似ているがゆえ、合わせ鏡を見ているような窮屈さを覚えることもある。

それが気詰まりで、泰蔵に向かっては言わなくてもいいことや、本心とは異なることを、ついつい口にした。

「なんだって差配さんは、泰蔵さんにはあんな物言いしかしないのかねえ」

「歳《とし》が近いだけに、ひとつ年上の泰蔵さんがうっとうしいのかもしれないよ」

甚五郎店の店子は、だれもが差配は泰蔵を疎《うと》んじていると思っていた。

甚五郎の耳にも、店子が陰で言っていることは聞こえた。それでも知らぬ顔を決め込んでいるのは、泰蔵とはうまが合わないと思わせておくほうが好都合だったからだ。

まことの甚五郎は、還暦を過ぎてから女に気持ちを動かしている泰蔵を、なんとか手助けしたいと思っていた。

自分に照らして考えても、泰蔵の口からおひでに言い寄るとは考えられなかった。

ひたすら屋台に通って酒を呑み、てんぷらを食い続けるのがせいぜいだろうと読んだ。

酒はともかく、てんぷらは口にする度が過ぎると胃ノ腑《ふ》にもたれる。が、根が律儀者《りちぎ》だけに、それでも通い続けるに違いない。

泰蔵はすでに、一年以上も通っていると与市から聞かされていた。

なんとかしないと、泰蔵さんの身体がまいってしまう……。

甚五郎は胸の内でひとりごとをつぶやいた。

ミャオウ。

濡《ぬ》れ縁の日だまりに寝そべっていた飼い猫のまゆが、相槌《あいづち》代わりに小声で鳴いた。

四

甚五郎が三好町の猪蔵の宿をおとずれたのは、十月二十六日の八ツ（午後二時）下がりだった。

てきやは夜更《よふ》かしの稼業である。元締めの猪蔵は四ツ半（午前十一時）を過ぎなければ不機嫌だ。甚五郎はそれをわきまえていた。

遅い朝飯も終わった八ツどきなら、猪蔵も落ち着いている。その刻限を見計らってのおとないだった。

土間で張り番をしていた若い者は、堅気者の来訪をいぶかしんだ。が、山本町の甚五郎だと名乗るなり、すぐさま猪蔵に取り次ぎに上がった。

幾らも間をおかず、若い者は甚五郎を迎えに戻ってきた。

甚五郎が暮らす山本町には、御船橋稲荷神社がある。

すでに二十五年も昔のことだが、稲荷神社の縁日屋台をどうするかの掛け合いにおいて、甚五郎は猪蔵の振舞いを好ましく思った。

ひと息いれようと茶が振舞われたとき、甚五郎のほうから猪蔵に話しかけた。

その当時から、猪蔵はすでにてきやの元締めだった。甚五郎も親譲りの差配職に就いていた。

猪蔵は三好町、甚五郎は山本町が生まれた町である。しかも互いに同い年だった。

「道理での、ぐずぐず言わずにすっきりした掛け合いをするはずだ」

互いに気持ちが通じ合い、稲荷神社の屋台は猪蔵が仕切ることで落ち着いた。とはいえ小さな神社のことだ。猪蔵には大した稼ぎにならなかった。

しかし甚五郎の気性を気に入った猪蔵は、祭礼のあとの寄合に、真鯛《まだい》五尾を差し入れた。

これで猪蔵は、すっかり地元の長老に気にいられた。とりわけ富岡八幡宮氏子総代を務める長老が、真鯛の豪勢さを喜んだ。

御船橋稲荷での儲けは、この差し入れで吹き飛んだかと思えたほどに、真鯛は立派だったからだ。

「八幡様本祭の屋台も、猪蔵さんに手伝ってもらおうじゃないか」

総代のひと声で、猪蔵は二十台の屋台を出すことができた。三年に一度の本祭を重ねるごとに、猪蔵の仕切る屋台の数は増えた。

いまもって、その数は増えていた。

すべては猪蔵の器量のなせるわざだ。が、猪蔵はそのきっかけを作った甚五郎に対する恩義を、忘れてはいなかった。

「山本町の甚五郎さんがたずねてきたら、すぐに報《しら》せろ」

猪蔵の指図は、若い者の末端にまで行き渡っていた。

猪蔵は長火鉢の前ではなく、八畳の客間で甚五郎を待ち受けていた。

「前触れもなしに押しかけて、勘弁していただきたい」

「あんたとおれの間だ、水くさいことはうっちゃっとこう」

猪蔵の促しで、甚五郎はすぐさま用向きを話し始めた。

「御船橋に出ているてんぷら屋台は、猪蔵さんの仕切りだと聞いたが」

「あの屋台が、なにか面倒をかけているのか」

猪蔵は物静かな声で問いかけた。声が低いだけに凄《すご》みがあった。

「とんでもない。いい味の屋台だと、ばかに評判だ」

深呼吸をしたあと、甚五郎は一気に話をすすめた。

店子《たなこ》の泰蔵が、てんぷら屋台のあるじに懸想《けそう》している。ところが還暦を迎えていまだに世慣れていないところもあり、思いを言い出せないでいるようだ。

もしも女あるじがひとり者で、泰蔵を憎からず思っていてくれるなら、ぜひともふたりを添い遂げさせたい。

泰蔵の人柄のほどは間違いない。自分が後見人になってもいいと思っている。

元締めの力を借りて、まとまる話ならなんとか成就《じょうじゅ》させたい……。

甚五郎は居住まいを正してあたまを下げた。

「差配のあんたが下げたあたまを、無駄にはしない」

頼みは引き受けたと猪蔵は応じた。相変わらず、声の調子は低かった。

「屋台のぬしはおひでで、今年で四十九になったはずだ」

言ってから、泰蔵さんとおひでは干支《えと》が同じだろうと付け加えた。還暦と四十九では、まさに一回りの歳の差だった。

「おひでも泰蔵さんに負けぬぐらい律儀な気性でね。よそから安い油を仕入れられるはずなのに、おれのところからしか買わない女だ」

気働きのよさでも、あれほどの女はざらにはいないと、猪蔵は強く請け合った。

「たったひとつだけ、気になることがある」

猪蔵が口調を変えた。

甚五郎はあぐらに座り直して、猪蔵を見詰めた。

「おひでには、いまでも尚助《なおすけ》という男がつきまとっている」

甚五郎はごくんと音をさせて、固唾《かたず》を呑《の》んだ。

「おひでが助けてくれとは言わないから、おれも手出しはしないで放ってある」

もしもおひでが虫退治をしてくれというなら、尚助の始末はこっちで引き受ける……。

言い切ったときの猪蔵の目は、堅気の者が百人束になっても敵《かな》わないという光を帯びていた。

「次におひでが油を仕入れにくるのは、明後日のはずだ。その折りに、おひでの気持ちを確かめさせてもらおう」

「なにとぞ、よろしく」

甚五郎があたまを下げようとしたら、猪蔵はそれを押しとどめた。

「このことでは、すでにあたまを下げてもらっている」

まだ日は高いが、ここからは五分の酒をやろうじゃないかと猪蔵は持ちかけた。

「願ってもない」

猪蔵の宿で、甚五郎は初めて相好を崩した。

開かれた障子戸から、風が流れ込んできた。

すでに冬の気配をはらんでいたが、その冷たさが甚五郎には心地よかった。

## 五

猪蔵の手下の若い者が甚五郎を迎えにきたのは、十一月二日の四ツ半過ぎだった。

「朝飯を一緒にしたいから、宿まで出張っていただきてえと、元締めから言付かっておりやすが」

「すぐに支度をさせてもらう」

あれこれ考えた末に、甚五郎は羽二重の五つ紋を羽織った。普段着で出向く話ではないと、強い予感を覚えたからだ。

猪蔵は過日と同じ客間で待っていた。

「朝飯に招いていただき、嬉《うれ》しい限りです」

あいさつをする甚五郎の身なりを見て、猪蔵は目元をゆるめた。甚五郎が五つ紋の羽織姿なのを買ってのことだろう。

「まずは朝飯に付き合ってもらおう」

「ぜひとも」

甚五郎が応じるなり、若い者が朝餉《あさげ》の膳《ぜん》を運んできた。

いわしの味醂《みりん》干しがおかずで、あとは味噌汁《みそしる》に香の物という献立だ。てきや元締めの朝飯は、格別に凝ったものではなかった。

が、味醂干しを口にするなり、甚五郎は目を見開いた。味がまるで違っていたからだ。いわしも味醂も、極上のモノを吟味して使っていた。加えて、焼き方が絶妙である。

味醂干しは少しでも目を離すと、すぐに焦《こ》げてしまう。焦がさず、しかし生焼けにしないためには、味醂干しにつきっきりでなければならない。

供された膳には、そんな極上仕立ての味醂干しが載っていた。

「なにごとも、見た目の派手さはこけ威《おど》しだ。芯《しん》がしっかりしているものは、かならず相応の味わいを見せてくれる」

猪蔵が口にした言葉を、甚五郎は極上の味醂干しと一緒に呑み込んだ。

「わざわざ足を運んでもらうにふさわしい、吉報になったと思うんだが」

おひでは泰蔵を愛《いと》しく思っていると、猪蔵はズバリと切り出した。いかにも猪蔵らしい物言いである。

甚五郎は膝《ひざ》を正して受け止めた。

「おひでは自分で男とのケリをつけたと言っていた」

猪蔵は言葉を区切った。軽々しくひとを頼らないおひでの気性を、高く買っているのが甚五郎に伝わった。

「それを承知で、念入りに虫退治をした。二度とツラを出すことはない」

江戸から追い払ったのか、それとも……。

猪蔵は詳しいことは言わなかったし、甚五郎も訊《き》くことはしなかった。

「泰蔵さんとなら、手鍋《てなべ》を提げてでも添い遂げたいと、おひでにしてはめずらしく強い物言いで答えてくれた」

サイコロはあんたの方に転がったという言い方で、猪蔵は話を閉じた。

「御礼の言いようもないが、あつかましいついでに、ぜひともうひとつ、聞き届けてもらいたいことがある」

甚五郎は両手を膝《ひざ》に載せて猪蔵を見た。

「聞かせてくれ」

猪蔵は目を逸《そ》らさずに応じた。

「あたしがうろちょろ動いたことは、断じて口外しないでいただきたい」

おひでにもそのことを言い含めてほしいと、甚五郎は頼み込んだ。

「針の先ほどのことを、丸太ぐらいの手柄として言いふらす連中は山ほどいるが……」

口を閉じた猪蔵は、甚五郎を見詰めた。

甚五郎は息が上がりそうになったが、丹田に力をこめて踏ん張った。

先に目元をゆるめたのは猪蔵だった。

「引き受けたぜ、兄弟」

猪蔵の返事を聞いて、甚五郎は詰めていた息をふううっと吐き出した。


十一月三日の六ツ半（午前七時）どき。差配の女房が泰蔵の宿をたずねた。

朝飯の支度を始めていた泰蔵は、なにごとかという目でおつるを見た。差配の女房がたずねてくることなど、三年に一度もなかったからだ。

おつるは右手に紅の詰まった貝殻を持っていた。

「朝からいきなりで申しわけないんだけど、昨日の昼過ぎに、あたしは小網町の八卦見《はっけみ》に易断してもらったのよ」

甚五郎店の店子が息災であるために、なにをすればいいか。一年に二度、おつるは八卦見に見立ててもらっていた。

「そしたらさあ、あたしがなにも言わないうちに、易者の先生は泰蔵さんの名を挙げたんだよ」

おつるの話の成り行きが気になったらしい。泰蔵は真顔で先を促した。

「泰蔵さん、ことによると、だれかに懸想《けそう》していないかい？」

「なんでまた、いきなりそんなことを」

泰蔵は目つきを険しくした。が、おつるは構わずに話を続けた。

「泰蔵さんが思っているひととは、これ以上ない良縁でさあ。その縁が結ばれたら、甚五郎店にもすこぶるつきの幸運が舞い込むというんだよ」

人助けだと思って、泰蔵さんが思っているひとに、この紅をあげてちょうだい……。

おつるは貝殻を泰蔵に押しつけたあと、両手を合わせて頼み込んだ。

「藪《やぶ》から棒にそんなことを言われても、おれはもう還暦だぜ」

泰蔵の物言いは、いつもと大きく異なっている。無愛想さは消えており、きまりわるそうな口調だった。

「なに言ってるのさ、泰蔵さん」

相手は四十九で泰蔵より一回り下の同じ干支だと、易者は見立てていた。

「還暦だからこそ、結ばれる縁だと易者は言ってたからさあ。長屋を助けると思って、この紅を届けてちょうだい」

おつるは本気で拝んだ。

律儀者《りちぎ》の泰蔵は、断り切れなくなったのだろう。貝殻を手にして、相手に届けることを引き受けた。

「善は急げというからさ」

「突き当たりまで言わなくてもいい」

すっかり泰蔵の口調は元に戻っていた。

「引き受けた限りは、今夜、かならず届けさせてもらうよ」

「ありがとう泰蔵さん、恩にきます」

もう一度、両手を合わせてからおつるは宿を出た。

十一月は曇り空が多くなる月だ。

しかし藍色《あいいろ》の空には、あしらいの雲ひとつ見えなかった。

今夜の晴天を、藍色の空が請け合っていた。

「行ってきましたよ」

宿に戻るなり、おつるは泰蔵とのやり取りを細かに話した。

「泰蔵さんが行くと言ったなら、かならず行くだろうさ」

甚五郎は安堵《あんど》の吐息を漏らした。

「いい人助けをしたと思うんだけど……」

おつるは亭主の顔をまじまじと見詰めた。

「なんだっておまいさんは、ここまでおせっかいを焼いたのさ」

「わけが聞きたいってか?」

「そりゃあ聞きたいわよ」

甚五郎はひと息いれてから女房を見た。

「おれも還暦になっても、まだどうにかなるかもしれないと、夢が託せるからさ」

「なによ、夢ってのは」

おつるは真顔で声を荒らげた。

剣幕に驚いたまゆは、忍び足で縁側に出て行った。

# 七日七夜

山本周五郎

山本周五郎（やまもと・しゅうごろう）
一九〇三年山梨県生まれ。『日本婦道記』で直木賞に推されるが辞退。著書に『樅ノ木は残った』『赤ひげ診療譚』『五瓣の椿』『青べか物語』『おさん』『季節のない街』『さぶ』など多数。六七年逝去。

一

本田昌平は、ものごとをがまんすることにかけては、自信があった。

生れついた性分もあるかもしれないが、二十六年の大半を、そのためにも修業して来た、といっても不当ではない。三千石ばかりの旗本の四男坊というだけで、わかる人にはわかると思う。そのころ世間一般に、

——二男三男は冷飯《ひやめし》くらい、四男五男は拾い手もない古草鞋《ふるわらじ》。

などという失礼な通言があった。士農工商ひっくるめた相場で、なかでも侍はつぶしが利かないのと、体面という不用なものがあるだけ、実情はいちばん深刻だったと思う。

その朝も昌平はがまんした。

「飯のことで怒るなんてあさましい、男が怒るならすべからく第一義の問題で怒らなくちゃいけない、たかが腹の減ったくらい」

そんな独り言を云って下腹へ力をいれてみたり、深呼吸をして、机に向ってみたりし

た。机の上にはやりかけの写本がある、擬古体のごく嬌《なま》めかしい戯作で、室町時代の豪《ごう》奢《しゃ》な貴族生活、特に銀閣寺将軍の情事に耽溺《たんでき》するありさまが主題になっていた。彼は数年来この種の書物を筆写し、不足な小遣を補ってきた。内職などは厳重に禁じられているし、ものがものだけに極秘でやらなければならないが、手間賃の割がいいのと、自分も艶冶《えんや》な気分が味わえる点とで、ちょっと一挙両得的な仕事だったのである。

「二日や三日食わなくったって、人間なにも死ぬわけじゃあない」

昌平は筆写にかかった。

「知らせて来るまでひと稼《かせ》ぎやるさ」

だがいけなかった。手が震えて字がうまく書けない。火《ひ》桶《おけ》には螢《ほたる》ほどの残り火があるばかりだし、腹は頻《しき》りにぐうぐう鳴りだす。おまけに写している文章は、銀閣寺将軍が酒池肉林の大饗宴《だいきょうえん》をやっているところで、忍耐を持続するには極めて条件が悪かった。

「ちぇっ、いったいあいつら、なにをしてるんだ」

彼は筆を措《お》いた。この頃は朝食を知らせに来るのがおそい、だんだんおそくなる傾向であるが、その朝はことにおそかった。

「べらぼうめ、なにが第一義だ」

障子へ日のさしてきたのを見て、昌平はついにがまんを切らした。

「腹が減れば空腹になるのは人間の自然じゃあねえか、おれだって人間だ」

ばかにするなと思いながら、少しは憤然として外へ出た。

彼は侍長屋に住んでいる。横庭の霜を踏んで、台所へはいってゆくと、温かい飯と味噌汁の匂いが、むっと鼻におそいかかり、腹がぐうるぐうるると派手に鳴って、口の中へ生唾が溢《あふ》れてきた。連子窓《れんじまど》からさし込む朝日の光の下で、下女たちが食事をしている。

昌平はぐっと唾をのみながら云った。

「私の飯はどうしたんだ、まだなのか」

下女たちは一斉に箸《はし》を止め、黙って顔を見合せた。

——忘れたんだな。

昌平はそう云おうとした。そのとき下女の一人が、「奥さまに伺って来ます」と云いさまばたばたと廊下へ駆けだしていった。

「支度が出来たら知らせてくれ」

どなりたいのを抑えて、昌平は自分の住居へ戻った。

「奥さまに聞いて来る、か、……するとおれは、奥さまのお許しがなければ、飯を食うこともできないわけか」

昌平は泣きたいような心持になった。

旗本で三千石といえば、それほどむやみに貧しくはない、長兄の安左衛門は勘定奉行の勝手係を勤めているので、役料のほかに別途収入もかなりある。にも拘《かかわ》らず吝嗇漢《りんしょくかん》と

いうか、次弟を町奉行所の書記に出し、三弟は家扶の代役に使い、四番めの昌平などは、

——本田の家には類のない能なし。

と云って、殆んど下男同様に扱われた。尤《もっと》も下男は給銀を取るが、昌平はときたま蚤《のみ》の眼脂《めやに》ほどの小遣を貰うだけだから、実質的には下男に及ばなかったかもしれない。

——外へ出るな、みっともない。

——客が来るんだ、すっこんでいろ。

——のそのそ歩きまわるな、眼障りだ。

兄たちは昌平を見るたびにこうどなる。着る物は順送りのおさがりで、満足な品は一つもないから、みっともないのは当然である。

——誰がみっともなくさせて置くんだ。

たまにはそのくらいのことを云ってやりたくなるが、云った結果を想像すると、やっぱり黙って聞いているより仕方がなかった。それだけではない、あによめがまたひどく無情なのである。三百両とか持参金附きで来たというが、軀《からだ》も固肥りでずんぐりしているし、顔も円くて平べったいのに、どういうかげんか全体が狐のようにとげとげしてみえる。

——実家《さと》の安倍《あべ》では男の躾《しつけ》がそれはやかましゅうございましてね。昌平の顔さえ見ればこう云った。

彼女の生家は四千石ばかりの旗本であるが、たいそう質実剛健で、食事は麦の他《ほか》に稗《ひえ》も入れる。男の子は早くから拭き掃除、洗濯などをやらせるし、十歳になるとお針を教えられ、自分の物の縫いつくろいなどは、みな自分でやるのだそうである。

――いざ合戦というときのためでございますって、戦場には女を伴《つ》れてはまいれませんですからね。

そして皮肉なそら笑いをする。つまり、縫い繕いや洗濯などは自分でしろ、というわけなのである。……兄たち然り、あによめ然りだから、召使たちもしぜん彼には冷淡で、こちらの僻《ひが》みもあるかもしれないが、「へっ古草鞋が」といったふうな眼で見たり、軽《けい》蔑《べつ》したような態度を示した。

「あのう、御膳のお支度が出来ました」

ようやく下女の一人が知らせに来た。

「あ、有難う、すぐゆく」

昌平はつい知らず機嫌のいい返辞をして、いそいそと立ってから、そんな自分のだらしなさに肚《はら》が立って「ちぇっ」と舌打ちをした。

二

台所の隣りの薄暗い長四畳。そこが彼の食堂であった。二方が壁、一方が納戸で、廊下のほうだけは障子であるが、廊下の向うが戸袋と壁なので、真昼でも部屋の中は黄昏《たそがれ》のように暗いし、年中かび臭く、じめじめと陰気だった。

昌平は膳の前に坐った。

もちろん給仕はしてくれない、独りで汁をつけ飯を盛ったが、そこでふと妙な顔をした。

「——なんだこれは」

彼はそっと汁と飯に口をつけてみた。どちらもすっかり冷えていた。昌平は逆上した。さっき下女たちは湯気の立つ飯を食べていたではないか、むっと胃を唆《そそ》るような、熱い味噌汁の匂いをさせていたではないか。

「それなのにこれはなんだ、ゆうべの残りの冷飯じゃないか、おれはこんなものを」

彼は逆上のあまり膳をはね返した。

二十六年の大半を費やして練りあげた自制力が、そのとたんに切れた。まるで糸かなんぞが切れるように、ぷつんとみごとに切れたのである。昌平はその部屋をとびだし、住居へ戻って、大至急で着替えをし、刀を差し、再び外へ出ると、中庭を横切って、母屋の縁側からあによめの居間へ踏み込んだ。

あによめは古足袋を繕っていた。

「持参金を此処《ここ》へ出せ」

昌平はこう云って、刀を抜いた。あによめはあっけにとられ、平べったい狐のような顔をぽかんとさせ、だらしなく口をあけてこちらを見た。昌平はその鼻先へ刀をつき出しながら云った。

「人をなんだと思うんだ、金を出せ」

義弟が本気だということ、眼が血ばしって、刀の尖《さき》がこまかく震えていることに気づくと、あによめは突如まっ蒼《さお》になって、「イ」というような声をあげた。

「声をたてるな、じたばたすると斬ってしまうぞ」

「しょ、しょ、しょ」

「金を出すんだ、有るったけ、静かにしろ、早く、ものを云うな」

ぐいと刀をつきつけた。あによめは操り仕掛の木偶《でく》のように、ひょいと跳び上がった。昂奮《こうふん》はしているが、覚悟も相当以上きまっていた。ふだん「能なし」とみくびっていただけに、それがあによめには反比例して強く感じられたらしい。がたがた震えながら、仏壇の蔭《かげ》のほうへ手を入れかけ、ふとやめて、用簞笥《ようだんす》の小抽出《こひきだし》をあけた。今にも倒れそうに、足ががくがくしているが、取出したのは古ぼけた財布である。

「馬鹿にするな、そんな小銭じゃあない」

昌平は刀であによめの帯を突いた。

「その仏壇の蔭にあるのを出せ、この際ごまかそうなどとはふといやつだ、斬るぞ」

「で、でも、こ、こ」

刀で帯を突かれ、あによめはこんどは「ヒ」と声をあげながら、そこからかなり大きな袱紗《ふくさ》包みを取出した。

「自分であけろ、まごまごするな」

袱紗をあけさせると、中に小判の包が八つばかりあった。昌平はそれを六つ取って左右の袂《たもと》へ入れ、ちょっと考えて一つ返した。

「兄貴が帰ったらそう云え、これまでの貸を貰ってゆく、唯取ったんじゃあないと、わかったか、……この、この、強慾非道な、女め」

廊下へ出たが、なにかすばらしく辛辣《しんらつ》なあくたいをついてやりたいと思い、振返って、ふんと鼻で笑って云った。

「おれの残りの冷飯でも食え」

それ以上のあくたいは考えつかなかったのである。

彼は通用口から外へ出ると、二丁ばかり走って辻駕《つじかご》に乗った。麹町《こうじまち》表四番町から九段坂を下り、そこでべつの辻駕に乗り替えて「浅草橋まで」と命じた。駕などに乗ったのは初めてである、いい心持であった。後悔は少しもない、不徳行為をしたとも思わなかった。あによめの怯《おび》えあがったぶざまな姿や「イ」というような悲鳴をあげたことや、だらしなく口をあけた、平べったい狐みたような顔を思いだすと、寧《むし》ろ自分のやりかたがなまぬるく、穏便すぎたとさえ思えるくらいだった。

「もっとこたえるような事を云ってやればよかった」

昌平はどこかしらむず痒《がゆ》いような顔をした。

「この狐おんな、おっぺしゃんこ、卑劣漢、ふ、幾らでもあったのに、それからもっと気を喪《うしな》うほど脅かしてやればよかった」

彼はあによめの頰ぺたを刀のひらで叩いてみる空想をした。これまでの辛抱を思い知らせるとしたら、髪の毛ぐらい切ってやってもよかったかもしれない。

「兄貴のやつ帰って吃驚《びっくり》するだろうな、どんな顔をするか、腰でもぬかしやしないかどうか、……なにしろいちばん無能の意気地なしがこんな事をやったんだからな、ふ、顔を見てやりたいくらいのものだ」

三

昌平はその夜、新吉原の遊女屋へあがった。

自分ではそれほどの謀反気はなかったが、両国橋の近くで、飲んでいるうちに、えいっということになったらしい。駕でゆくか舟にするか、誰かとそんな問答もしたようである。どっちで来たかは覚えがない、気がついたら広い座敷で、大勢の女や男の芸者たちに取巻かれていた。百匁蠟燭《ひゃくめろうそく》がずらっと並んで、そこらじゅう酒徳利やむやみに御馳走を盛った皿や鉢だらけであった。

彼は一瞬どきりとした。

——これはたいへんな事になったぞ。

だがすぐに肚を据えた。

こんな事ぐらい誰だってやるじゃないか、おれだって人間だ、三千石の旗本に生れて、このくらいの遊びをしてなにが悪い。二十六という年まで芸妓遊びはおろか、満足に酒を飲んだこともないじゃないか。おれだって人間だ、男だ。ろくな小遣もくれないで、冷飯なんぞ食わせやがって、なにがなんだ。

「さあ、賑《にぎ》やかにわっと騒いでくれ」

昌平は勇気りんりんと叫んだ。

「金はあるぞ、おれはけちなことは嫌いだ」

それからまたなにがなんだかわからなくなった。

女や男が唄ったり踊ったりした。彼の側にいる女は「りんせん」とか「なまし」とかいう、妙な助動詞のついた言葉で、彼に凭《もた》れかかったり手を握ったり、それとなく膝《ひざ》を抓《つね》ったりしながら、頻りになにか話しかけた。要約すると、貴方《あなた》のような好いたらしい男に逢えて非常に嬉しい、自分はどうやら迷わされるらしい、貴方に逢わないほうがよかったと思うようになる心配がある、今夜のような気持になったことは初めてで、ことによるとこむらがえりを起こすかもしれない。だいたいそんなような意味であった。

最後のところで昌平は吃驚した。

「こむらがえりが起こるって、その、そんなに気分でも悪いのか」

「まあ大きな声で、気障《きざ》ざますよう」

女はこう云ってまた膝を抓った。そして、自分は本当に好きな人とそうすると、しまいにこむらがえりを起こす癖があるのだと説明した。よくはわからないが、それはたいそう濃情だということでもあるらしかった。

昌平は感動させられた。女性の身としてそこまでうちあけて語るということは、なみたいていな情緒ではない。けいせいのまこと、などというくらいのものではないと思った。

騒ぎは盛大なものだった。誰も彼もが愉快そうに飲んだり食ったりし、代る代る唄ったり踊ったり、そしてまた飲んだり食ったりした。かれらは昌平をいろいろとおだてるような名で呼び、気持が浮いてくるようなうまい世辞を並べ、交代で彼の前へ来てはあいそ笑いをしたり、ぺこぺこむやみにおじぎをした。

「わかった、私は嬉しい、みんなの気持はよくわかった、本当に嬉しい」彼は涙ぐみながら心から云った、「――私は今夜は生れて初めて、人の好意の有難さというものを知った、こんな嬉しいことは初めてだ、さあ飲んでくれ、みんな好きなだけ飲んで喰べてくれ」

だがそんな事を云うだけではいけないのだそうであった。言葉などはかれらは喜ばない、はなを遣《や》らなくてはいけないのだと、側にいる彼女（つまり彼のあいかたで名は花山という）が教えてくれた。なおそれには小菊の紙を遣って、あとで引換えるというのが便法でもあり「通」でもあるそうで、わちきに任せておきなましいと云うから、すべて彼女に一任した。

「済まない、いろいろ世話をかけて、まことに済まない」昌平はしんみりした気持になって頭を下げた、「――私は実に嬉しい、なんだか他人とは思えなくなった、あとですっかり身の上を話したいが、聞いてくれるか」

彼女はあでやかに笑って、「一夜添っても妻は妻」であるからには、もちろん二人は他人ではないこと。身の上も聞こうし、「今夜は眠らずに愛し合う」だろうこと。これからも末ながく契るであろうことなど、溶けるように嬌めかしく囁《ささや》くのであった。

すべてが楽しく豪華で、豊かに満ち溢れていた。しかもそのあとには、生れて初めて異性と歓びを倶《とも》にするという、夢のようなすばらしい時間がある。彼は酔った、どうして酔わずにいることができるだろう。彼は酔って、ぶっ倒れて、そうして大声でどなった。

「銀閣寺将軍がなんだ、もう内職なんぞはしないぞ、冷飯も食わない、人を馬鹿にするな、ざまあみやがれ」

それからの経過は判然としない。

眼をさますと独りで寝ていた。そこで枕元の水を飲んで、眠り、また眼をさまして、水を飲んだ。三度か四度そんなことを繰り返して、やがて、こんどは本当に眼がさめてしまった。見るとまわりに屏風《びょうぶ》をまわして、むやみにぜいたくな夜具の中に寝ている。女の下着らしい物を掛けた絹行燈《きぬあんどん》が、ぼんやりと部屋の中を照し、仄《ほの》かに香の匂いがしていた。

「これは、どういうことなんだ」

昌平は起きあがった。

あれだけの騒ぎは嘘であったかのように、あたりはひっそりと寝しずまっている。どこかで廊下を歩く草履の音がし、もっと遠くで犬の吠えるのが聞える。近くの部屋で客と女の話し声もするが、それは寝しずまった静かさをいっそう際立てるように思えた。喉《のど》が焼けるようだったが、水はもう無かった。それにひどい空腹である、考えてみると、朝から一度も食事をしていない、酒の肴《さかな》くらいは摘《つま》んだが、腹に溜《たま》るような物は喰べていなかった。

「ともかく、こうしていても……」

彼は立って廊下へ出た。まだ酔ってはいるがひどい寒さである。手洗い場を捜すのにかなりうろうろし、すっかり冷えこんだのだろう、戻りには頻りにくしゃみが出た。ところで弱ったことにこんどは部屋がわからない、廊下を曲るところは慥《たし》かなのだが、並んでいる部屋のみつきはみな一律で、これが自分のだという見当がつかなくなった。寒さは寒し、腹は減るし、喉は渇くし、そんな寝衣《ねまき》ひとつで、震えながら廊下に立っている自分に気づくと、昌平は情けないほど悲しくやるせない気持になった。

ほどなく向うから五十ばかりの婆さんが来たので、呼び止めて事情を話した。

「まあいやだ、おいらんはどなた」

婆さんは冷淡にじろじろ見た。どうも座敷で見覚えのある顔だが、紙ばなを遣ったような記憶もあるのだが、相手はぜんぜん知らないふうで、応対もいやにつっけんどんだった。

「さあ、なんといったか、その、か、……かせん……かせんとかいう」

「うちにはそんなおいらんはいませんよ、お部屋はどの辺だったんです」

「この辺だと思うんだが、廊下をこう来て、たぶんその」

「へんな客があったもんだ」

婆さんは口の中で、もちろん聞えるように呟《つぶや》いた。おいらんの名も知らないなんて、などと云い、「もしや花山さんではないか」と聞き糺《ただ》して、それならその部屋だと、怒ってでもいるように指さし、怒ってでもいるように去っていった。

## 四

それから朝までの事は書きたくない。

昌平は独りで、空腹と渇きと、酔のさめてくる寒さとに震えていた。くしゃみばかりは景気よく出るが、水を貰おうにも喰べ物を取ろうにも、てんで相手になってくれる者がなかったのである。

それはまあいい。そういう忍耐は割とすれば馴れている。また花山さんのおいらんが「今夜は眠らずに愛し合う」とか、身の上話をよろこんで聞くとか、「こむらがえりが起こるかしれない」などとまで囁きながら、こんなにも徹底的に、ぜんぜんすっぽかしをくわせたことも、そこは遊女であってみれば、一方的に怒る気はなかった。

「これがふられたというやつだろうが、われながら相当なふられだと思うが」

まあこれも遊びとしては粋《いき》なものだと、諦《あきら》めをつけることはできた。

だがそのあとがいけなかった。

夜明け前についとろとろしたと思うと、やかましい声で起こされ、もう定刻であるから、居続けにするか勘定を払って帰るか、どっちかにきめてくれと云われた。見ると廊下で部屋を教えた婆さんで、そのうしろに強そうな男が控えていた。

「もちろん帰るが、女はどうした」

昌平は少しはむっとして云った。

「おいらんは癪《しゃく》が起こって寝てますよ」

婆さんはせせら笑うように答え、ではこれがお勘定ですと云って、べらぼうに長い書附をそこへ出した。ごたごたとなにか書き並べてあるが、とうてい読めた代物ではない。見たばかりで眼がちらくらしてくる、で、要するに合計であるが「百七両三分一朱」となっているのをみて、昌平はわれ知らず唸《うな》り、それから一種の公憤に駆られて云った。

「冗談じゃない、いくら見ず知らずの人間だからって、あんまり人を馬鹿にしては困る」

「おや妙なことを仰《おっ》しゃいますね、このお勘定になにかうろんでもあるっていうんですか」

もしも昌平にして、この世界の事情を多少でも知っていたら、そんなむだな口はきかなかったであろうし、少なくともその辺で甲《かぶと》をぬいだに違いない。しかし彼はひらきなおった、そしてとんでもない意見を述べだした。

「うろんがあるかないか知らない、だが、侍のなかには一年に三両扶持《ぶち》で暮す者もずいぶんいる、一年に三両とちょっと、それで侍として家族を養っているんだ、私は、それは遊んだには相違ない、かなり派手にやったとも思うけれども、いかにどうしたからといって一夜に百何両などとは」

「それみねえお倉さん」

控えていた強そうな男が婆さんに云った。

「おらあゆうべっからどうも臭えと睨《にら》んでたんだ。いまどきまともな人間で、あんな金の遣い方ができるわけあねえんだから」

「なにを云うか、聞きずてならんぞ」

思わず昌平はそう叫んだ。

これまでさんざん馬鹿にされたうえ、こんな男に面と向って、そこまで云われては忍耐はできなかった。が、相手はもちろん承知の上である、寧《むし》ろそれを予期していたのかもしれない。

「大きな声を出しなさんな、おらあ聾《つんぼ》じゃあねえ耳は聞えるんだ」

男はへへんと笑い、いやな眼でじろっと見た。

「勘定に文句があるんなら、その書附をよく見てここがこうと云ったらいいだろう、一夜に百七両幾らという大尽遊び」男はこちらの身装《みなり》を眺めた、「——此処《ここ》じゃあちっとも珍しかあねえが、その御風態にゃあ似合わねえ、うろんに思うのはこっちのほうなんだ、文句があるならちょうどいい、この土地にゃあ番所てえものがある。そこへいって黒白をつけやしょう、そうすれば勘定もはっきりする、おまえさんの御身分もはっきりする。両方さっぱりあとくされなしだ、ひとつ御一緒にまいろうじゃあござんせんか」

刀があったらどうなったかわからない。しかし、刀は初めに預けてある、それが廓《くるわ》の規定だそうだ、昌平はつまるところ眼をつぶるよりしかたがなかった。

「おれが悪かった。勘定をしよう」

彼は腸が捻転《ねんてん》するような思いで云った。男はまたへへんと笑った。

「どうせ払うんなら文句なんぞ云わねえがいい、金を出して恥をかく馬鹿もねえものさ」そして彼は立ちながら云った、「朝っぱらから縁起でもねえ、お倉さん、あとで塩華を撒《ま》いといてくんな」

ひと言ひと言が辛辣な悪意と毒をもっていた。おもんみるに、かれらは日常おのれ自身を卑しくしているため、機会さえあればその返報をするらしい。また感性が単純で直《ちょく》截《せつ》だから、その表現も単直であり、且つ効果的に磨きが掛っている。昌平は物心両面にわたってうちのめされ、ふみにじられ、なにもかもぼろぼろになったような気持で、その家を出た。

そして大門をぬけるなり、救いを求めるように、いきなり道傍《みちばた》の飲屋へとびこんだ。

五

昌平はそれから三日三夜、酒びたりになって遍歴した。

どこをどうまわったか記憶はない、根津という処《ところ》は覚えているが、ともかく岡場所というのだろう。不浄な匂いのする、うす汚ない、小さな狭っ苦しい家で、どこにも新吉原よりはもっと劣等な、口の悪い女や婆さんばかりいた。彼女たちは「なまし」とも「ありんせん」とも云わなかった。

「けちけちすんなてばせえ」

「さっさとしろってばな、いけ好かねえひょうたくれだよ」

「そんなとけえのたばるでねえッつ」

などと云うふうであった。そして、おそらく親愛の情を示すのだろうが、むやみに背中だの肩だのを殴りつけ、またふいに突き倒したり、馬乗りになって噛《か》みつく者もあった。

「これが世の中だ、ざまあみやがれ」

昌平は絶えずそんな独り言を云った。

「これがみんなお互いに人間同志なんだ、お互いに仇《あだ》でもかたきでもないんだ、どうだ昌平、文句があるか、へ、ざまあみやがれ」

二十五両の包が五つ。新吉原でまず百十両ちかく取られてから、こう乱脈なことを続けたのでは、底をつくのは眼に見えたはなしである。

四日めの朝、まだうす暗いような時刻に、彼はその妙な娼家の一軒から追い出された。雪にでもなりそうな、曇った寒い朝である。酔ってはいるが相当に空腹で、しかしもう飯を喰べにはいる勇気はなかった。

「――ひでえもんだ、ひでえやつらだ」

昌平は徹底的に剝《む》かれた。懐中にはなさけないほどの小銭しか無いことがわかっている、新吉原ほど辛辣ではなかったが、かれらも昌平を容赦なく搾った。ぶっつけに、あけすけに、悪罵《あくば》と暴力で搾りあげた。

「――はは、このひょうたくれか、まったくだ、いいざまさ」

彼は寒い街をあてどもなく歩いた。

新吉原の遊女の、嬌《なま》めかしくあまい、胸のどきどきするような囁き、柔らかく凭《もた》れかかった肩、情をこめた抓りかた。それがすべてみせかけであり、ごまかしであり、そのうえ些《いささ》かも恥ずるけしきなしに、堂々と、自からその正体をあらわした。

岡場所でも同様であった。金を奪取するまでは好意的である。哀願的でさえある。殴りつけたり突き倒したりするのは、彼女たちの礼儀らしいが、ともかくいちおう嬉しいような気持にさせる。だがひとたび金の授受が済むが否や、たちまち仮面をぬぎ、酷薄無情の正体をあらわす。女はもちろん、いまこころづけを貰った男や婆さんまでが、くるりと鬼のように変貌《へんぼう》するのであった。

「要するにふんだくりゃあいいんだ、人情なんてものは弱い人間の泣き言だ、この世にそんなものはありゃあしねえんだ」

なんというか知らないが長い橋を渡った。

橋の袂《たもと》に番小屋があり、そこで「橋銭」なるものを取られた。その小銭を出しているときに雨が降り出した。

「悪くすると雪になりますね」

番小屋の爺さんが云った。昌平はつまらない皮肉でそれに酬いた。

「道の銭は取らないのか」

橋を渡ってからも、まったく無目的に歩き続けた。雨がやまないので頭から手拭をかぶったが、両刀を差した侍にしては、稀有《けう》な恰好だろう。ゆき違う者がふしぎそうに見たり、慌てて除《よ》けて通ったりした。

「はてな、あの仏壇は、どこだったろう」

小さな社があったので、昌平はそこへはいってゆき、道から見えない裏へまわって、木の朽ちたような高廊下へあがった。そこなら雨は除けられる、彼は刀をとって腰をおろして、大きな溜息をついた。

「そうだ、麹町の家の仏壇だ」

昌平は苦痛を感じたように眉をしかめた。

彼は初めあによめに向って、持参金を出せと云った。そんなつもりはなかったのだが、日頃からそれが頭にひっかかっていたのだろう。持参金附きの嫁を貰う兄も兄だが、それを鼻にかけて、平べったい狐のくせをして、えらそうな顔をするあによめもあによめである。

「しかも金を隠していたじゃないか」

小銭の財布を出そうとして、刀を突きつけられて、仏壇のうしろから金を出した。それが持参金の内であるかどうかわからない、いわゆる臍繰《へそく》りというものかもしれないが、ともかくごまかした金には違いないだろう。いくら兄が吝嗇でも、侍であってみればあんな場所へ金を隠す筈はない。

「夫婦の仲でごまかしあいか」

昌平はごろっと横になった。寒いし、空腹はますます募るが、それ以上に疲れて、ひどく眠かった。

「こっちはその金を六つ取って、一つ返すような馬鹿ときている」横になって彼は自嘲《じちょう》するよう呟いた、「どういうつもりであんなことをしたか、やっぱり古草鞋のいじけた根性のためだろうが、……つまるところ騙《だま》されたり馬鹿にされたりするようにできてるんだ、しょせん葱《ねぎ》を背負った鴨《かも》じゃねえか、ざまあみやがれ」

彼はいつか眠った。どのくらい眠ったものか、強烈な寒さで眼がさめると、続けさまにくしゃみが出た。

そうしていてもしようがない、彼は社を出てまた歩きだした。骨のふしぶしが痛い、しきりにくしゃみが出た。水洟《みずばな》が出た。頭がびんびんし、足に力がなかった。空腹はなおったが、酔がさめたとみえて酒が欲しい。躯がばかに震え、がちがちと歯が鳴った。

「いいきびだ、ざまあみやがれ」

そのほかにもう言葉はなかった。

――朝までお寝かし申しいせんよ。

――そんなとけえのたばるでねえ。

――こむらがえりがしんす。

――このひょうたくれア。

絶えずそんな幻聴が聞えた。

――ひと晩に百何両、うろんなのはこっちだ。

――金を出しな、金、金、勘定、勘定。

――番所へいって話をつけやしょう。

これらの幻聴の伴奏のように、濡れて重くなった草履の、ぴしゃぴしゃという音が聞えた。気のめいるような、うらさびれたさむざむしい音が。

六

日は昏《く》れかかり、雨は降り続いていた。

稼ぎ帰りの合羽《かっぱ》や蓑《みの》を着た人がゆき交い、濡れた犬が尾を垂れて通ったりした。軒の低い、ちぢかんだような家並、いかにも貧しく、侘《わび》しげな街であった。しかし勝手口ではどの家でも、ことことと庖丁《ほうちょう》の音が聞え、物を煮たり焼いたりする匂いが、まるで幸福をひけらかすように漂って来た。

昌平は雨の中をただ茫然と歩いていた。

魚を焼き、汁を煮る匂い。気ぜわしい庖丁の音。それは生活の跫音《あしおと》であった。休む暇もなく動いている生活。……昌平は絶望的な悲しさで胸がいっぱいになった。働きづめに働いて、喰べて寝て、また働く生活も悲しい。そういう生活からはみ出して、今宵《こよい》一夜を頼むあてもなく、途方にくれている自分も悲しかった。

「——いっそ辻斬りでもやっつけるか」

雨は肌着までとおっていた。

「——世間が世間ならこっちもこっちだ、どうせ堕《お》ちるなら……」

暗くなった黄昏の街のひとところ、つい右側に「仲屋」と軒行燈を出した縄のれんがあった。昌平はふてたように、その店の中へはいり、長い台所に向って腰を掛けた。

——いざとなれあ刀を売ればいい。

辻斬りをやっつけようなどと、いま呟いたばかりで、早くも刀を売るというのは矛盾である。むろん自分では気がつかない、腰掛けると十二三の女の子が来たので、

「酒をくれ」

些かならず気負っていた。

ちょうど時刻なのだろう、店は殆んどいっぱいの客だった。彼には判別はできないが、日稼ぎの人足、土方、職人などという者だろう、若いのや中年者や、びっくりするような老人もいたし、なかには女（子供を伴れて稼ぐらしい）もいた。

食物の湯気と匂いと人いきれで、八間の燈がついているのに、店の中はごちゃごちゃ

とよく見通しがきかない。

「お待ちどおさま」

さっきの小女がすぐに註文《ちゅうもん》の品を持って来た。寒さで震えていた昌平は、われ知らず喉が鳴ったが、燗徳利《かんどくり》のほかに、なにか肴を盛った小皿を二つ並べられたので、「またか」と思った。これまでの遍歴中、ゆく先ざきでこの手をくった。命じもしない物を勝手に並べて、べらぼうな金を強奪するのだ。

――もうそうはいかないぞ。

昌平は小女を呼び止めた。

「私はこんな物は註文しない、この店では客に押売りをするのか」

小女はけげんそうな顔をした。

「それはつきだしです」

「私は註文しないと云ってるんだ」

「でもつきだしですから」

「なんであろうと」昌平の声は高くなった、「――註文しない物は私は金を払わないぞ」

すぐ右側にいた三十ばかりの男が、問答の意味を察したのだろう、好意のある笑い顔をこっちへ向けて云った。

「いいんですよお侍さん、そいつは店のおあいそでね、酒に附いてるんで、代は取らねえもんなんですから」

「代を取らない、では只というのか」

「もう一本召上るともう一と皿附きますが、ほかの店と違って此処は酒も吟味するし、喰べ物も安いんで繁昌するわけです」

「このどかばも千《ち》い坊になってからたれがぐっとよくなったぜ」向う側にいる男がむっとしたような顔で云った、「――もう少しすると出て来ますがね、お侍さん、このうちの娘なんだが、孝行者で縹緻《きりよう》よしで、これだけ繁昌するのもひとつはその娘のはたらきですよ」

昌平は安心し、また感動した。幾らの物でもないかもしれないが、ともかく酒の肴を只で提供する、代金を取らないというのは嬉しかった。

「おやおや、旦那はずぶ濡れじゃありませんか」

右側の男が吃驚《びっくり》したように云った。

「そいつあいけねえ、そのまんまじゃ風邪をひいちめえますぜ、おうねえやねえや」男は小女を呼んだ、「ちょいと来てくれ、こちらの旦那がすっかり濡れてるんだ、奥へお伴れ申して千い坊にな、ちょいと早いとこ乾かしてあげるように」

「いや有難いが、それは、なにしろ下までだから」

「そんならなおさらでさあ、向うにゃあ火が幾らでも有るからすぐ乾きますすよ」

それがいい。そうなさいまし。というふうに人々の声が集まった。それで辞退するのに困ってやむなく昌平は立っていった。

彼はすっかり戸惑いをしてしまった。いま聞いた「千い坊」というのだろう、色の白い十八くらいの娘が調理場からあがって来て、いきなり「まあどうなすったんです、こんなに濡れて」と怒ったように云い、父親の物だろう、袷《あわせ》を二枚重ねたのと、帯、羽織、足袋まで出して、まるで弟をでも扱うように、側からせきたてて着替えさせた。

「済むも済まないもありませんよ」彼女は小言を云い続けた、「——こんなぐしょ濡れの物を着て、軀でも悪くしたらどうなさるの、ほんとに男の人ったら幾つになっても眼が放せないんだから、いいえそんな物はようござんすよ、早くあっちへいらっしゃい、熱いのをあがってるうちに乾かしますから」

うしろから衿《えり》を直し、羽織や着物の裾をとんとんと引いて、店のほうへと押し出すようにした。昌平はなんとも云いようのない気持になった、はっきり云えるのは鼻の奥がつうんとなったことで、心持としては嬉しいとも悲しいとも、せつないとも判断がつかなかった。

「やあこれは、立派な若旦那ができましたな」

さっきの男が笑いながら迎えた。

「やっぱりそうですね、あっし共がお侍の真似をすると猿芝居だが、お侍の町人拵《ごしら》えてえのは品がようござんすな、まあ一つ、こんな人間の酒で失礼だが、旦那のはいま燗直しをしていますから」

「そんならこっちのがいいぜ」向うの男が徳利を差出した、「――これあいま来たばかりで、おらあ煮燗てえくちだから、これを先にあげてくんねえ」

「それあいい、じゃあ旦那これを一つ」

右側の男がそれを取次いでくれた。

七

「ふざけたことうぬかすな、やいさんぴん、表へ出ろ」

こうどなる声を聞くまで、昌平は泣きたいような気持で飲み、ひたすら哀《かな》しく酔っていた。彼はただ嬉しかった、全身に温かい、豊かな、愉しいものが溢れるような気持だった。いってみれば長い旅路のあとで、ついに目的地へ到着したような、甘やかな疲れと安息の思いに包まれていた。

――ざまあみろ、有るじゃないか。

彼はこう叫びたかった。

――こんなに温かい世間が、こんなに善い人たちが、ちゃんと此処にあるじゃないか、ざまあみろ。

彼は三人の兄やあによめに、そう云ってやりたかった。麴町の屋敷ぜんたい、否、侍というものぜんぶに。そして新吉原から始まった、あの狡猾《こうかつ》で卑しい女や男たちに向って。かれらは昌平を軽侮し、騙し、裸に剝き、そして罵《のの》り辱しめた。

——本田の家には類のない能無し。

——うろうろするな、すっこんどれ。

兄たちの声がなまなましく聞える。そして家人の眼を忍んで、艶冶な書物を筆写する自分の姿。二十六という年になるまでの、澱《よど》んだ饐《す》えたような日々。……今こそ彼は、その過去に向って舌をだしてやりたかった。

——ざまあみやがれ。

昌平の頭は空転した。彼はこの「仲屋」へ迷子犬のように入って来た。兄たちの順送りのお下りを着て、鞘《さや》の剝《は》げた刀を差し、頭からずっくり濡れ、古草履をびしゃびしゃさせて。……おまけにつきだしに文句を云ったりした。公平に客観すれば、しょせん鼻っ摘みの、しかもまったく無縁な人間にすぎない。それをかれらはこんなにも劬《いたわ》ってくれた。こんなにも無条件で心配し、厚意を寄せてくれた。

——これをあいつらに見せてやりたい、世の中にはこういう処もあるんだということを、まだこんなに善い人たちもいるということを。

昌平は酔った。いろいろと自分の感動も語ったらしい、右側にいた男と、向う側にいた男とは、かなり長いこと一緒に飲んだり話したりした記憶がある。右側の男はこの店の上客らしいようすで、「あっしは佐兵衛てえ者です」と名を云ったりした。向うの男は絶えずむっとしたような顔つきだったが、これは顔だけのことで、格別に気むずかしいというのでもなく、自分はつまらない錺職《かざりしょく》で不動様の裏に住んでいる、徳治と聞けばすぐわかる。などとまじめに名乗ったのを覚えている。

だがどのくらい経ってからか、ひょいと見ると、二人の席には違う客がいた。次いで他の客と入れ替り、それがまたべつの顔に変った。

——佐兵衛と徳治がいなくなった。

彼は非常な孤独と寂しさにおそわれた。二人に戻って貰いたかった、二人にいて貰わなければ、なにかとんでもない事が起こりそうな気がした。それで昌平は頼んだ。

——あの二人を呼んで来てくれ。

自分ではそのつもりであるが、実際はそうではなかった。彼の酔は程度を越し、そのために頭はまた空転し始めていた。

——ざまあみろ、この卑しい虫けら共。

彼はそう喚きだしたのである。（もっと多くの殆んど罵詈《ばり》雑言）それが誰に対する叫びだったかは云うまでもない。しかしそこにいる人たちは事情を知らなかった。もっと悪いことには晩飯どきは疾《と》うに終り、客は殆んど飲む一方の常連になっていた。

「ふざけたことうぬかすな、やいさんぴん、喧嘩《けんか》なら相手になってやる、表へ出ろ」

「さんぴんとはなんだ」昌平はどなり返した、「——きさまたちはまだ人を馬鹿にするか、まだ馬鹿にし足りないのか」

彼は立った。相手はすぐ眼の前にいた、まだ若い半纏着《はんてんぎ》の男で、頭の上にちょんと(人を嘲弄《ちょうろう》するような恰好で)向う鉢巻をし、紅鮭《べにざけ》色の顔色で、こっちをまともに睨んでいた。昌平にはそれが新吉原のあの男のようにみえた、あの悪辣な婆さんのうしろに控えていた強そうな男に、……昌平はかっと逆上した。

「おれはもうがまんがならないぞ、刀を返せ、こいつを斬ってしまう」

「笑あせるな、出ろったら出ろ」

若い男は右手で燗徳利を摑《つか》み、立ちあがって台板越しに殴りかかった。白い短い棒のような物が、顔の上へまっすぐに落ちて来た。「やめて」と女の悲鳴が聞え、顔の上でがしゃんとなにかが毀《こわ》れた。大勢の顔と眼がこっちを見ていた。昌平は刀を取ろうとした。それはいつも座の右に置いてある筈だった。

——みんなぶった斬ってやる。

彼は右側へ手を伸ばした。が、刀は無くって、空を摑んで、彼はその姿勢のまま横倒しになった。

「ふざけた野郎だ、外へ放り出せ」

「待って、その人思い違いよ」

「吉公、くせになるぞ、のしちまえ」

「待って頂戴、乱暴しないで」

男たちの呶号《どごう》や女の叫びが聞えた。昌平は腰掛と台板の狭い処でもがいた、起きられなかった。誰かが足を摑み、非常な力でずるずると引き出された。

——おれは捉《つか》まった、兄だ。

昌平は暴れた。吝嗇な長兄の恐ろしく怒った顔がみえ、あによめの無情な、平べったいせせら笑いの顔がみえた。彼女は片手に金の包を八つ持って、片手でこっちを指さし、そしてかなきり声で喚きたてた。

「この男がやったんだよ、この男が、刀を取上げちまいな、そいつは泥棒なんだ」

昌平は暴れた。すると誰かが頭を殴った。軀がぐるぐる廻転し、地面が斜に揺れた。どこかへ落ち、殴られ、首を絞められた。

——みな殺しだ、みんな斬ってやる。

彼は刀を取りたかった。しかし伸ばした手は濡れた冷たい泥を摑んだ。また首を絞められ、はね起きようとすると殴られた。

「お母さま」昌平は思わず叫んだ、「——堪忍して下さい、もうしません」

## 八

昌平がわれに返ったのは朝のことである。だが彼は医者から口をきくことを禁じられ、まる三日のあいだ、黙って寝ていなければならなかった。

彼はひどい病気なのであった。

あとでわかったのだが、あのばかげた遍歴と雨に濡れたのが原因らしい。高熱が続いて、始めは嘔《は》きけにも悩まされた。けれども意識は割とすれば明瞭であった、自分が「仲屋」の奥に寝かされていることも、人の出入りもよくわかった。

佐兵衛という男や、錺職の徳治や、それから喧嘩相手の若者と、その親方というが伴れ立って、謝罪に来た。親方は左官屋で小助、相手の若者は「吉公」というそうで、二十一か二くらいの向うっ気の強そうな、そのくせはにかみやらしい、なかなかな男ぶりであった。

「この野郎がとんでもねえ御無礼を致したそうで、どうかまあ、そこんところをひとつ」

小助親方は幾たびも頭を下げた。吉公も口のなかでぶつぶつ詫《わ》びを云って、親方より一つくらい余計におじぎをした。錺職の徳治が二度めに、来たとき、むっとした口ぶり

で、
「あっし共がいれあよかったんだが」と済まなそうに云った、「――旦那の話を聞いてねえし、なにしろ気の早え野郎で、まあ勘弁してやっておくんなさい」

かれらは一と言も昌平を責めなかった。すべて自分たちが悪いといって謝った。

昌平は黙ってべそをかいていた。

謝りたいのはこっちであった。みんな己れの責任である、相手のみさかいもなくなるほど泥酔して、勝手なことを喚きちらしたり乱暴をやったりした。

――もしこれが麴町の屋敷だったとしたら。

こう想像すると膚がちり毛立った。

仲屋の父娘《おやこ》の親切には、彼としてはもう言葉がなかった。父親の弥平は五十四五だろう、痩《や》せた背の低い軀で、一日じゅう調理場で黙ってなにかしながら、
「おい千代、薬をあげるんじゃねえのか」
などと声をかける、絶えず昌平のことが気になるふうであった。

娘の千代は十八だという。一人娘で、母親に去年死なれたあと、父の身のまわりの世話から店の事まで（佐兵衛たちに云わせると）母親以上に手際よくきりまわしているそうであった。……彼女は始めの二日は殆んど附きっきりで看護してくれた。熱が高いので絶えず冷やさなければならないし、嘔く物の始末や薬の世話など、夜中でも自分でて

きぱきやってくれた。

「あの晩の騒ぎで町廻りが来たんですよ」五日の朝、千代はそう云った、「――お父っつぁんが出て、貴方のこと親類の者だっていったんですけれど悪かったでしょうか」

「悪いなんて、そんな、……有難いよ」

「お父っつぁんとても心配してるんです。貴方の話を伺って」

千代は薬を煎《せん》じていたが、俯向《うつむ》いた眼がうるみ、声が柔らかくしめっていた。

「たとえ話半分としても、とてもそんなお屋敷へはお気の毒で帰せないって、……佐兵衛さんや徳さんもそう云ってましたわ」

「――私にはまだ信じられない、どうしてみんなこんなに親切にしてくれるのか」

昌平は眼をつむって静かに云った。

「――眼がさめると、なにもかも夢になってしまうんじゃないか、そんな気がするくらいです、本当にそんな気がするんです」

「夢じゃないわ、もしか夢だったとしても、貴方がその気になれば」千代はちょっと躊《ため》った、「――そしてもしもお気に召すなら、いつまでもさめずにいられるわ」

「そんなことが、まさかそこまで迷惑をかけるなんて」

「だって佐兵衛さんはそのつもりでいるんですよ」千代はいきごんで云った、「――貴方が此処で一生暮すって仰《おっ》しゃったのを本気にして、もう住む家の心配までしていますわ」

昌平はまた鼻の奥のほうがつんとなった。それから自分に舌打ちをして呟いた。

「なんというだらしのない、……私は、いったいどんなことを話したんだろう」

「お屋敷のこと、お兄さまたちのこと、二十六年のお暮しぶりや、お金のことや、それからほうぼう遊びまわって、ひどいめにおあいになったこと、……でも、そんなこまかい話より、喧嘩のとき貴方が仰しゃった一と言、あの一と言でみんなあっと思ったんです」

千代は顔をそむけた。そして指の先で眼がしらを撫《な》でながら、続けた。

「馬乗りになっていた吉さんも、駈けつけて来た佐兵衛さんもあの一と言で息が止ったような顔をしました。……お母さま、堪忍して下さい、もうしませんって……」

抑えきれなくなったらしい、千代は泣きだした。自分も母に死なれて、そこはいっそう共鳴したわけかしれないが、両手で顔を掩《おお》って、泣きながら、とぎれとぎれに云った。

「あたし一生忘れませんわ、あの声、お母さま堪忍して下さい、もうしません、……貴方の話がぜんぶ嘘でないってこと、あたし初めてわかりました、……貴方は、いじめられッ子だったんだって」

昌平のつむった眼尻からも、涙がふっと溢れだして、小窓のあかりを映しながら、頰を伝って枕紙へ落ちた。くくと噎《むせ》びあげる千代の声に和して、煎薬の煮える音が呟きのように聞えた。

深川仲門前に「仲屋」というたいそう繁昌する居酒屋があった。安永年代の好事家《こうずか》の記録にも載っているが、千代という娘に武家出の養子を取って、ひと頃は「侍酒屋」などともいわれたらしい。土鰌《どじよう》を丸のまま串焼《くしや》きにし、味噌たれを附けて「どかば」という、つまり土鰌蒲焼《かばやき》の意味だろうが、それを一年中つきだしに使うのが、特徴でもあり評判だったようである。

ずいぶん繁昌して、相当以上に金も出来たらしいが、仲屋はいつまでも居酒屋をやっていた。店を拡張するとか、料理茶屋でも始めたらどうかという客もあったが、その武家出の養子はまるで相手にしなかった。

「そいつはまあ、生れ更《かわ》って来てからのことにしましょう、生きているうちは、この土地を一寸も動くのはいやですね」

すると側から女房が、横眼に色っぽく亭主を見て、それ以上に色っぽく微笑しながら、客にはわからない助言をするのだそうである。

「そうね、夢がさめないッて限りもないんですものね、……はいお待ちどおさま、あかだしお二人さんあがり」

# 解説

細谷正充

朝日文庫が時代小説アンソロジーを出版する。それもオーソドックスなテーマに絞ってだ。この企画の選者となることを打診されたとき、私の心は震えた。時代小説アンソロジーの、新たなスタンダードになる可能性があったからだ。このような企画にかかわることは、名誉なことである。

だが一方で、作品セレクトの難しさも感じた。本書『情に泣く』は、人情・市井がテーマだが、この手のアンソロジーは、昔から現在まで、幾つも作られてきた。それを踏まえて、読者を唸《うな》らせる作品を並べなければならないからだ。数ヶ月にわたり、博捜と取捨選択を繰り返し、ようやく七つの物語にたどり着いた。それが本書に収められた作品だ。どれも自信を持ってお薦めできる傑作秀作である。じっくりと味わっていただきたい。

**「隣りの聖人」宇江佐真理**

宇江佐作品は、市井の人々の哀歓を綴《つづ》ったものが多い。本作もそのひとつといえよう。

物語は、一番番頭に掛け取りの金を持ち逃げされて呉服屋「一文字屋」を潰し、夜逃げ同然に小舟町の仕舞屋に引っ越してきた、一家の描写で幕を上げる。生真面目な主の惣兵衛。気丈に振る舞う内儀のおりつ。遊び好きの息子・辰吉。無邪気な娘のおいと。なんとか新たな生活を始めた一家四人だが、裏店《うらだな》の儒者一家と交流が生まれる。かつて儒者一家が火事の被害にあったとき、惣兵衛が着物を届けたことがあったのだ。家族ぐるみで付き合うようになった、ふたつの家は、互いに助け合うようになるのであった。

作者は、ふたつの家族が接近していく過程を巧みに描きながら、「一文字屋」が潰れた原因の裏にある企みや、儒者の娘の恋などを織り交ぜたストーリーで、読者の興味を引っ張っていく。そして、貧しくても真面目に生きる人々の、豊かな心の在り方を示すのである。冒頭を飾るに相応《ふさわ》しい、気持ちのいい作品だ。

**「吹きだまり」北原亞以子**

本作の発想の原点は、おそらくO・ヘンリーの短編「桃源郷の短期滞在客」(異なる邦題が幾つかある)だろう。ブロードウェイにある隠れ家的ホテルの宿泊客となった青年と婦人の、意外な正体が明らかになることで、彼らの恋の成就を予感させるという、ちょっとほろ苦いハッピーエンド・ストーリーだ。日傭取りをしながら溜めた金で、有名な料理屋『春江亭』に身分を偽って宿泊する主人公の作蔵は、この青年実業家の役に相当する。

とはいえ話は、O・ヘンリー作品とは、まったく別物。料理屋の女中の困窮を知った作蔵は、ちょっとした意地から、金を与えるという情けを見せる。本作が凄《すご》いのは、ここからの展開だ。故郷の貧しい暮らしを嫌って江戸に出て、一年に一回の料理屋宿泊を楽しみにしている作蔵は、己の行いを切っかけに、自身のモラトリアム時代が終わったことを悟るのである。ひとりの男の人生が移り変わる瞬間を活写してのけた、作者の手腕が素晴らしい。

**「橋のたもと」杉本苑子**

今年（二〇一七）の五月末に逝去した杉本苑子は、永井路子と並んで、歴史・時代小説界における女性作家の道を切り拓いた巨匠である。重厚な歴史小説から軽妙な市井譚まで、残された膨大な作品群は、どれもこれも優れている。その中から、本書のテーマに合わせて、この物語を選んだ。

桑名藩の嫡男・信三郎の守り役に抜擢《ばってき》された唐沢彦右衛門。しかしある日、信三郎が失踪した。責任を取らされた彦右衛門は、信三郎探索の旅に出る。それから幾星霜。妻を失い、身体も壊した彦右衛門は、勢州と名乗る物乞いにまで堕ちていた。六十を過ぎて生きる気力も失っている勢州のわずかな喜びは、四、五日おきに一文銭を恵んでくれる、娘の優しさである。だが、娘の訪れが絶え、娘の弟だという男が現れたことから、勢州は思いもかけない騒動に巻き込まれる。そしてそれが、信三郎の行方へと繋がっていくのだった。

人生のどん底で勢州が出会った、娘の優しさ。それを起点とした、曲折のある展開が読みどころだろう。また、ラストの主人公の出処進退が切なく、嫋々《じょうじょう》たる余韻を与えてくれる。噛みしめるように読みたい逸品だ。

「じべたの甚六」半村良

どうしてこの作家は、こんなに人情に通じているのだろう。半村良の作品を読むと、よくそんなことを思う。それほど人の心の機微を的確に捉えているのだ。連作短編集『江戸群盗伝』の中から採った、本作もそうである。

盗賊・賽銭吉右衛門の配下の七之助が、評判の悪い寺から金を奪った。しかしそれにより悲劇が起こる。このことを知った、じべたの甚六という盗賊が、独自に動いた。愚鈍なふりをしている甚六だが、盗賊としては一流だ。七之助や吉右衛門と話をつけ、見事に一件を収めるのである。

じべたの甚六のキャラクターが秀逸であり、捻《ひね》りのあるストーリーも面白い。盗みによって起こった悲劇をなんとかしようとする甚六たちの行動は、盗賊の自己満足に過ぎない。でもそこには、たしかな人の情があった。盗賊というアンダーグラウンドな世界を扱いながら、人の持つ義理と人情を際立たせる。半村良だから書けた、人情の世界がここにあるのだ。

**「邪魔っけ」平岩弓枝**

「御宿かわせみ」「はやぶさ新八御用帳」といった時代小説シリーズで知られる作者だが、純然たる短編にも注目すべき作品が少なからずある。たとえば本作だ。母亡き後、豆腐屋の父親を助けて働き、行き遅れになったおこう。しかし弟は遊び人、上の妹は我儘《わがまま》、下の妹にも疎まれている。父親の急死により仕出し屋を乗っ取られ、いまははんぺん商の「駿河屋」で働く長太郎に惹かれながらおこうは、一所懸命に家族のために尽くす。だが、自分が家族の〝邪魔っけ〟になっていることを知ったとき、彼女は新たな道を選ぶのだった。

しっかり者に責任が集中し、結果的に機能不全家族になってしまう。現代でも、割と聞く話である。それを作者は、江戸の市井譚にした。花火に対するおこうと長太郎の感想の違い。おこうの過去の屈辱。家族を木に準《なぞら》えた、長太郎の例え。読んでいるだけで、はっとさせられるエピソードが、巧妙に配置されている。だから、ページを捲《めく》る手が止まらない。人の温かな気持ちが伝わってくるラストまで、一気に読んでしまうのである。

「御船橋の紅花」山本一力

人情・市井がテーマとくれば、山本一力を外すわけにはいかない。デビュー当初から、人情味に満ちた長短編を発表している作者だけに、どの作品を選ぶか迷いに迷って、本作に決めた。理由がある。ここに描かれている人情が、いぶし銀の魅力に満ちているからだ。

今年で六十一歳になる泰蔵は、提灯とろうそくと火打ち道具の、担ぎ売りをしている。一本気で不器用に生きてきた泰蔵に、長屋の差配をしている甚五郎の態度は冷たい。しかし嫌っているわけではない。泰蔵のひとつ下で、二十年にわたる付き合いのある甚五郎は、彼の生き方を尊敬していたのだ。だから泰蔵が、てんぷらの屋台を出しているおひでという女に惚れていることにも気づいた。泰蔵の老いらくの恋をなんとかしようと、甚五郎はひそかに動き出す。

泰蔵を不器用という甚五郎だが、彼もまた不器用だ。己の本心を泰蔵に明らかにすることなく、彼のために奔走する。その一方通行な人情が、いかにも江戸っ子らしい。真っ直ぐに生きる泰蔵やおひで、いかにも山本作品らしい親分など、他の人物も魅力的。だから江戸の片隅の恋物語兼友情物語が、こんなにも楽しいのだ。

「七日七夜」山本周五郎

ラストは個人的に気に入っている、山本作品をチョイスした。いや、この話は何度も読んでいるのだが、そのたびに涙ぐんでしまうのだ。なにがそんなにも琴線に触れるのか。おそらく主人公の境遇であろう。

三千石の旗本の四男・本田昌平は、下男にも劣る屋敷での生活に耐え兼ね、金を奪って出奔する。だが、世間の風は冷たかった。遊郭では金を搾り取られ、酒に溺れて町を彷徨《さまよ》う。そしてたどり着いた「仲屋」という居酒屋で、やっと人情に触れた昌平。しかし彼の傷ついた心が悪酔いを誘い、せっかく得た居場所が壊れそうになる……。

家族どころか奉公人にまで疎まれ、やっと世間に出てみれば、いいように扱われる。そうした昌平の人生と人間性を、作者はふたつの言葉で表現する。ひとつは気絶寸前に昌平がいった言葉。もうひとつが、気がついた昌平に「仲屋」の娘がいった言葉。それが何かは、ここに書かない。でもそこには、ネグレクトやいじめといった、現代でも通用する問題が浮き彫りにされている。だから、ふたつの言葉に共感する。そして昌平が本当に見つけることのできた人情の温かさに、ほっとするのである。いい作品だ。

以上七編、楽しんでもらえただろうか。繰り返しになるが、優れた作品を選んだつもりである。時代小説アンソロジーのスタンダードとして、あなたの本棚の片隅にいつまでも本書を置いていただけるなら、これほど嬉しいことはない。

（ほそや　まさみつ／文芸評論家）

「底本」

宇江佐真理「隣りの聖人」（『酒田さ行ぐさげ　日本橋人情横丁』実業之日本社文庫）

北原亞以子「吹きだまり」（『その夜の雪』講談社文庫）

杉本苑子「橋のたもと」（『橋のたもと』集英社文庫）

半村良「じべたの甚六」（『江戸群盗伝』集英社文庫）

平岩弓枝「邪魔っけ」（『ちっちゃなかみさん』角川文庫）

山本一力「御船橋の紅花」（『八つ花ごよみ』新潮文庫）

山本周五郎「七日七夜」（『あんちゃん』新潮文庫）

本書中には、現在では不適切と考えられる表現がありますが、
作品の時代背景、文学性を考慮して、そのままとしました。

朝日《あさひ》文庫《ぶんこ》時代《じだい》小説《しょうせつ》アンソロジー　人情《にんじょう》・市井編《しせいへん》

# 情《じょう》に泣《な》く

2017年10月30日　第1刷発行
2022年6月10日　第4刷発行

編　　著　細谷《ほそや》正充《まさみつ》
宇江佐真理《うえざまり》　北原亞以子《きたはらあいこ》　杉本苑子《すぎもとそのこ》
半村《はんむら》良《りょう》　平岩弓枝《ひらいわゆみえ》　山本一力《やまもといちりき》
山本《やまもと》周五郎《しゅうごろう》

発 行 者　三 宮 博 信
発 行 所　朝日新聞出版
〒104-8011　東京都中央区築地5-3-2
電話　03-5541-8832（編集）
03-5540-7793（販売）

印刷製本　大日本印刷株式会社



ISBN978-4-02-264861-7

山本　一力
## 立夏の水菓子
たすけ鍼《ばり》

人を助けて世を直す――深川の鍼灸師・染谷の奔走を人情味あふれる筆致で綴る。疲れた心にもじんわり効く名作時代小説『たすけ鍼』待望の続編。

山本　一力
## 辰巳八景

深川の粋と意気地、恋と情け。長唄「巽八景」をモチーフに、下町の風情と人々の哀歓が響き合う珠玉の人情短編集。《解説・縄田一男》

池波　正太郎
新装版
## 新年の二つの別れ

幼い頃に離別し、晩年に再会した「父」、郷愁をさそう「ポテト・フライ」、時代小説の創作秘話「私のヒーロー」など。珠玉のエッセイ五一編。

池波　正太郎
新装版
## 一年の風景

飼猫サムとの暮らし「人間以外の家族」、祖母の作る海苔弁「昔の味」、心安らぐ「日本の宿」など。円熟のエッセイ四二編。《解説・平松洋子》

永井　義男
## 図説　吉原事典

最新の文化やファッションの発信地でもあった江戸最大の遊興場所・吉原の表と裏を、浮世絵と図版満載で解説。時代小説・吉原ファン必携の書。

森　光子
## 春駒日記
吉原花魁《おいらん》の日々

一九歳で吉原に売られた光子。「恥しさ、賤しさ、浅ましさの私の生活そのまま」を綴った衝撃の書、約八〇年ぶりの復刻。《解説・紀田順一郎》

宇江佐　真理
## 憂《う》き世店《よだな》
松前藩士物語

江戸末期、お国替えのため浪人となった元松前藩士一家の裏店での貧しくも温かい暮らしを情感たっぷりに描く時代小説。《解説・長辻象平》

宇江佐　真理
## うめ婆《ばあ》行状記

北町奉行同心の夫を亡くしたうめ。念願の独り暮らしを始めるが、隠し子騒動に巻き込まれてひと肌脱ぐことにするが。《解説・諸田玲子、末國善己》

宇江佐　真理
## 深尾くれない

深尾角馬は姦通した新妻、後妻をも斬り捨てる。やがて一人娘の不始末を知り……。孤高の剣客の壮絶な生涯を描いた長編小説。《解説・清原康正》

宇江佐　真理／菊池　仁・編
## 酔いどれ鳶
江戸人情短編傑作選

夫婦の情愛、医師の矜持、幼い姉弟の絆……。江戸時代に生きた人々を、優しい視線で描いた珠玉の六編。初の短編ベストセレクション。

梶　よう子
## ことり屋おけい探鳥双紙

消えた夫の帰りを待ちながら小鳥屋を営むおけい。時折店で起こる厄介ごとをときほぐし、しなやかに生きるおけいの姿を描く。《解説・大矢博子》

畠中　恵
## 明治・妖《あやかし》モダン

巡査の滝と原田は一瞬で成長する少女や妖出現の噂など不思議な事件に奔走する。ドキドキ時々ヒヤリの痛快妖怪ファンタジー。《解説・杉江松恋》